百姓組頭・井上勝次

唐津街道、筑前竹槍一揆に殉じた男たち

平木俊敬
Hiraki Shunkei

のぶ工房

小説『百姓組頭・井上勝次』に寄せて

　筑前竹槍一揆に初めて出会ったのは『筑前竹槍一揆』柴村一重著・葦書房刊による。すっかり赤茶けた本の奥付に昭和四十八年十一月十日一刷りとあるから、読んだのは三十歳前後の頃。当時田川郡の某農業高校に勤務、組合や青年運動に情熱を注いでいたから「民衆のエネルギー爆発」に興味を持ったに違いない。読後感も記憶にないが、微かな違和感と共に、鮮明に憶えているのは本を人権活動に励んでいた某青年に見せたところ「なんやこれは。差別一揆やないか」と即座に言われた事だ。

　次の出会いはそれから四十年後。二〇一四年八月に開催の「筑前竹槍一揆現地ウォークin福津」を唐津街道畦町宿保存会（以下保存会）で引受けた折。故郷畦町で保存会として「まちおこし」をしていた私の処へ（公社）福岡県人権研究所の研究助成プロジェクト石瀧塾の講師石瀧豊美先生と、世話人の塚本博和さんが見えたことから。「現地ウォーク」の取り組みが始まり、暑さの盛りの八月十七日、「筑前竹槍一揆関連史跡と畦町宿を巡る」イベントに県内外から八十人余りが参集。石瀧先生の講演に加え、竹槍一揆史跡として菖蒲山護念寺・脇野旧庄屋宅・井上勝次墓碑を案内した。

この取り組みを通して私はやっと、竹槍一揆が差別一揆と言われる所以、井上勝次墓碑の所在と変遷、勝次処刑の次第を承知した。

福津市と福津市教育委員会が後援したイベントの記事は、『広報ふくつ』に紹介された。井上勝次墓碑前で説明する私の写真入りで。当時福津市の市民講座「郷育」で講師を務めていた私は早速、竹槍一揆の史実と井上勝次墓碑について「そうつこう本木」講座の中で紹介。ところが二コマ目の「現地散策」直前になって、市側から「講座中止」のご伝達。以来毎年、講座再開を申し入れるが市側の姿勢に変化はない。「井上勝次の実名は出すな」というのだ。

しかし、福津市のこの頑迷な姿勢がなかったら、私が井上勝次ご遺族の「気持ち」に触れることも、一揆の実相を深く理解することもできなかったと確信する。その意味では「頑迷な福津市」に感謝せねばならぬ。

素直に言って「こん畜生」、きれいに言うと「歴史は正しく伝えられねばならぬ」。翌二〇一五年七月十四日、斬罪になった井上勝次の命日に勝次の墓前（福津市本木一六六四宝林山西法寺）で「筑前竹槍一揆犠牲者井上勝次追悼の集い」を賛同する仲間と共に開催。勝次の曾孫に当たる井上ヨシ子さんが墓前で、参集者を前に「この日が来るとは夢にも思いませんでした。勝次を世に出して頂いて心より感謝申します」と述べられた時は目頭が熱くなった。

ヨシ子さんとはご一緒に福岡市東区松崎の、「多々良川遭難者追悼の碑」（一揆勢に殺害された中村義心・宮尾矯・城戸太郎を追悼）にもお参りし献花をした。勝次の墓脇に「筑前竹槍一揆犠牲者故井上勝次墓碑」の説明板も設置した。『文化福津』に竹槍一揆と犠牲者井上勝次、中村義心等についての文章を連載。更には福津市津屋崎に於いて地元の一揆勢に殺害された山崎常の墓石と史実を探索、新聞記事にもした。井上勝次追悼の集いは二〇一七年から「睡蓮忌」となり今年に至る。朝日・西日本が毎年記事で紹介、一揆とその犠牲者の史実を知る人々も増えている。

作者の平木俊敬さんとは、版元の図書出版のぶ工房から畦町保存会が二〇一四年に出版した『畦町物語』がご縁。この本に平木さんが興味を持ち、先の「竹槍一揆現地ウォーク」を経て保存会活動や睡蓮忌世話人を同じくする仲となった。

平木さんはこつこつと図書館に通い、一揆勢が通った唐津街道も踏破した。竹槍一揆の参加者、死罪となった人々、一揆勢に殺害された人々等全てを「明治六年という動乱の時代の犠牲者」と捉える。慧眼《けいがん》である。

二〇一九年五月

睡蓮忌世話人代表・唐津街道畦町宿保存会事務局長　岩熊　寛

百姓組頭・井上勝次

目次

百姓組頭・井上勝次

一　青柳宿

1

　慶応三年（丁卯）は、残り八日ほどで暮れようとしている。

　五臓の中まで忍び込んでくる寒気が居座るようになって数日は経っていた。「新しい年までは続かんばい」と、畦町宿の頭・藤助は言ったが、「いつもの、あてずっぽうたい」と、多くの馬《ま》子《ご》たちは、端《はな》から相手にしない。

　手綱《たづな》を引いたサコに風を防いでもらって、青柳宿へ向かっている。寒さに堪《こた》える体質《たち》で、一枚余分に着込んではきたが、さほど効きは変わらない。

「そりゃぁ～勝次、カンカン照りと思うてんやい。それよか、ずーっとよかくさ」

　差配に苦心する者の励ましとはいえ、今朝ほどの藤助の口ぶりを思い出し、独り笑いが込み上げてきた。

　草鞋《わらじ》が滑らぬよう底から足の甲へ二重に巻き込んだ荒縄を伝って、水気が足袋を冷たくぬらす。大内川に架かる内殿橋から、ならの木坂へ登る道は、適度に凍てついていぼらず、踏ん張りは十分にできた。サコの蹄あたりへの目線を送り、ゆっくりと追っていく。積み荷が解けはせぬかと、荷縄の弛みも見逃すことはできない。

玄望峠の、窪地の雪や霜柱からの煌《きら》めきは昨日と変わらず、それがかえっていずれ暖かくなる季節を想い起こさせる。

防寒布を巻きつけた旅人たちは、笠を被った蓑虫が立っているようにも見え、おかしい。寒い大地の中、わが身のことだけに関心を寄せ、吐息を隠さず黙として歩いている。

白く連なる西山の稜線を研《と》ぐかのように、砥石色の雲が東に向かい、緩《ゆる》やかに流れていく。午の刻に近いころと思われたが、お天道様は、その雲のなかに控えておられる。

巳の刻に出て、およそ一里半の道を、足を止めずに進んできた。サコに積んだ荷の具合も、偏《かたよ》らないで安定している。手綱はほどよい加減で、人馬の間合いは、なめらかだった。

旦《だん》の原《はる》を越え、薦野《この》の村を左に見て鷺白橋《さぎしろばし》を渡る。そこから新原《しんばる》までの平坦な道では、風を真面《まとも》に受けつつも、軽やかな足取りになる。

大根川《だいこんがわ》を越えたころに、筵内《むしろうち》・渓雲寺の梵鐘が響いてきた。誰が撞《つ》いているのか、どこか頼りなく感じられた。

「ぼぉ〜ん、ぼぉ〜ん」

寒さに縛られていた街道の佇《たたず》まいも息遣いを取り戻し、連れられて人家の気配が身近になってきた。

破れた編み笠の隙間に、目的の駅とその背後に座る立花山が、少しずつ大きく見えてくる。

余程の豊作でない限り、毎年の取り入れ米はほとんどが年貢で費《つい》えていく。農閑期の稼業が、貧しい生活を支えてくれる。

宗像郡の本木《もとぎ》村や近郷の百姓たちは、それぞれが特技を生かし、家族のために懸命に働いていた。ある者は、近在の蔵に住み込んで新酒を絞り出し、またある者は、櫨《はぜ》の実採集などの山仕事や麦作などに励み、夜なべ仕事で草鞋などを編んだ。女や子どもたち、それに年寄りたちも、大根や青菜などの漬物、干し柿作りなどで、忙《せわ》しなく動き回る。手先が器用な女房たちであれば、木綿生地の色付けなどを請け負って稼いだ。〈骨惜しみ〉などを考える者は、ここら辺りにはほとんどいない。

唐津街道・畦町宿の問屋場が、この時期の勝次の居場所だった。『事情』が分かるここらの庄屋たちは、お上の指図との調整に腐心して、百姓たちからの期待に応えてくれる。

使い込まれた頑丈な行李《こうり》箱の荷は、〇に『泉』の字が大きく描かれ、その下に『木戸屋』と記されていた。三つとも十貫目を超えている。降ろすときに「カチリ」と軽い金属音が鳴《な》って、肝を冷やした。紀伊か大坂の港から船便で小倉に着き、そこから数日で来たと荷縄に結ばれた鑑札状からうかがえた。明日までには、荷主と一緒に博多・箱崎宿へ届くよう、段取りされている。

中身が何であろうとも、丁重に扱うよう心掛けている。嘗《な》めた扱いで、この仕事から外された男もいた。

高くなった荷捌き場にすべてを下ろす。それを確認した人足から渡された台帳に「畦町駅勝次」と墨書きして、受け取った場札にも同じように書き込んだ。この問屋場から先は、ここの差配で籠や荷が動いていく。

勝次が世話になっている畦町宿では、北は赤間宿まで、そして南はここ青柳宿までが縄張りとなっている。

他にも、鞍手の村からの年貢米を見坂《みさか》峠で受け取り、福間浦の津出しまで下ったり、逆方向に福間浦の海産物などを運んだりもするが、これを生業とする者がいれば、出しゃばったことは望めない。

いつもの百姓仕事をやり繰りし、荷運びの多忙時に日雇いの扱いで、そして農閑期の業《しごと》として、稼がせてもらっている。帰り荷の保証もなく、オカラ（荷無し）での戻りも、珍しいことではなかった。

力持ちのサコは、田畠の仕事や山仕事、それに積み荷などで従ってくれるし、役割が分っているような振る舞いすらあった。

ひろがった鼻孔から湯気を吹いて、呼吸を整えている。鞍を下ろし、乾いた布で汗を拭きとってやると、溜まった熱が徐徐に放たれるのだろう。前足の蹄で土を突き、落ち着きが戻ってくる。

首筋を軽く叩いてねぎらうとしばしの休息と思ったのか、その場に湯気の立つ丸い糞を、ぼとぼとぼとと落とし始めた。

あわてて舫《もやい》を端に移す。近くでこれを見ていた小僧が、海老笊《えびしょうけ》に塊をかき集め、大事そうにどこかへ運んでいった。形が無くなる前の、機敏な動きだった。

「元手が、かかっとうとやけん、五文もろうとこ」と、小僧に投げる。すると、「わぁのもんで、こんど返しちゃる」と放って、隠れてしまった。

厩《うまや》から離れ、編み笠の紐を解き、傍にある待ち小屋の中へ、潜《くぐ》り戸から入った。

「きょうも寒かなぁ。帰りの荷は、何かあるかな？」

凍えた声で到着を報せるが、相手は見えない。

「おまやぁ〜勝次やな。どっこも朝から寒かたい。まあ、当たれ、当たれ。きょうは特に寒かたい」

「今までは、下りと急ぎの早便が多ぉ〜て、上り荷はこれからや。よこぉーときやい。何かあるかもしれん」

聴きなれただみ声が、暗がりから返ってきた。

「そうたいね。そんなら、いっとき待っとこうか」

この後の荷は、ここの問屋場次第になる。待つのには、慣れている。

「場札ば、もろうとこうか。それがしまえたら、正月が越せんやろ。六月から、おめぇらの賃銭が倍以上あがったもんなぁ。燃えたらおおごとばい」

燻《くすぶ》りの中を飛んできたのは、ありがたい指図である。

「ばってん他のモンも、えらい上がっとるばい。米やら、高こうして買えんたい。おかしなこったい」

見えない相手とのやり取りで、声も高ぶってくる。

天井に近い煙出しからの差し陽はあるが、蔀《しとみ》は下ろされていて、高台になった囲炉裏周りだけが、薄明るくなっている。

この暗がりに慣れた主《あるじ》は、炎の点いた薪《たきもん》を広げ、座る場所へ促してくれる。部屋《なか》の様子が、ようやく分かるようになってきた。

手っ甲《てこう》・脚絆《きゃはん》を解き、草鞋と湿った足袋を脱いで、番子《ばんこ》に広げる。体も前身《まえみ》の方から、少しずつ温《ぬく》もりはじめ、心地がついてくる。

この駅での荷の差配を任せられている頭・乃助じいさんの、白くなった紙縒《こよ》りのような髷《まげ》は、捩《ね》じった手拭いが無かったら、どうして支えられるのか、誰もが案じている。

「飯《まま》を食うのか。白湯《ぶぶ》しかないが、それに沸いとるたい」

「朝からなんも食うとらんたい。昨日の冷や飯たい」

サトが握り、腰に巻いてきた麦飯は、その竹皮が少し温もっている。

ひしゃげた真黒な茶釜から、湯気が吹いている。これに手をかざし、置いていた茶碗のほうに、立ち上がって目を凝らす。

「俺がぁ、こん前来た時にはあったが、失《の》うなっとるばい」

「誰でん使うけん、いっけと失うなる。良かもんなら、置かんこったい」

「そげぇ〜なこと、何時《いつ》もあるとな」

「そうくさ。ここに来るとは何人もおるやろが。いちいち知るもんか。茶碗ぐらい何でちゃ良かろうもん。他のモンば洗うて使え」

「ばってんありゃ〜、大事なモンばい。気に入っとったとたい」

「そげな大事なモンなら、こげんとこに置くな」

抗えないが、じいさんの言いかたには、障《さわ》りが感じられる。

「大事なモンやけん、ここに置いとったとたい。形が良かったとたい。なんか、はがいかねぇ」

未練さを呑み込んで、手を炙りつつ、暗がりへさり気に目を配ったが、やはり見当たらない。くれた人の顔が浮かんで消えていかない。

唐津街道・青柳宿を行き交う人たちは、問屋場と旅籠を兼ねた店《たな》で暖を取り、腹拵えなどの用件を済ませ、思い思いに南へ北へ動いていく。

西構口《かまえぐち》に近い西町の筥松屋《はこまつや》も、多くの旅人で賑わっていた。

三和土《たたき》の奥と入り口近くに、長い火鉢が二台据えられている。

分相応な身なりや、無用な争いを避ける知恵が奏して、座席は自然と定まってくる。大小を差す者は奥にゆっくり構え、入り口付近の客人は長居せずに、温もれば足早に去っていく。

それぞれの火鉢を取り囲むように、売り物の足袋・草履《ぞうり》それに脚絆、編み笠などが並べてある。

童子《わらし》が喜ぶ、土産用の玩具や生姜飴なども、脇に置いてある。お飾りのような凧や人形も、上がり框《かまち》付近を占めている。これを手に取って見立てている者もいるが、急ぎの物でなければ、相槌だけで早早に離れていく。

注連縄《しめなわ》や飾《かざ》り餅《もち》、それに昆布や干鳥賊《するめ》などの乾物も、時節に合わせ目立っている。

朝夕には、泊り客への応対も加わり、昼間以上にこの宿は賑やかになる。客によっては、夜に音曲が響くと聞いたこともあった。

2

「勝あんちゃん、久しかなぁ。外は寒《さぶ》かろう。今日は、うどんがよう出るたい。一杯どげんね」

馴染みの声には、弾みが感じられた。

「今日は、うちが出しとくたい」

姉さん被りの額には、光るものが見える。

「向こうで、もう喰うたたい」

わざわざ出てきたシカの嬉しい誘いを、腹に手を当てる仕草で、やんわりと止めている。

気のない反応が気に入らなかったのか、すり減った下駄を鳴らして、出口の脇に置いてある炭箱の中を覗きにいった。

「舎利蔵の炭焼きのおいさん。そう、又一さん。今度いつ来るとやろか。炭が少くのぉなっとる。寒かけんよう捌《さば》けるたい。こっちは、薪《たきもん》じゃいかんもんね」

踵《かかと》の上にふくよかな尻を乗せ、振り向かずにシカは喋っている。

「女将さんが『又一さんの樫の炭が火持ちがいい』ちゅうて、いつも言わっしゃるたい」

炭箱とその周りを整えて、十能《じゅうのう》を支えに立ち上がった。

「あんちゃん、帰りにでも舎利蔵に寄っちゃらんね。荷（商売）になるかもしれんばい」

「しぇからしかぁ〜。つかしかアゴば叩いてくさ」

「なんば言よぉ〜とね。それが商売《あきない》たい。お客さんが困らんごとするとが、大事なこったい」

真黒になった手元には、いつの間にか摘まれた水仙が見える。自分でも可笑しいと思ったのか、照れた笑いが飛んできた。

「生意気やねぇ、そげんこと誰から習うたとや、シカは」

闊達な同郷の娘を、柔らかく叱りつける。

「私《うち》はねぇ、商売人が似合うとろうが。ふっふっふっ。ねぇ、あんちゃん、商売は大事ばい。女将さんに習うて、算盤もできるごとなった。書《か》き物《もん》もたい」

さらに大きな声になった。

そのとき店の引き戸が放たれ、店内の生温かい匂いも一緒に逃げ出してきた。

シカは持っていた冬花を、咄嗟にこちらに預け、前掛けで手を拭き、出てきた客へ頭を下げている。

「道中お気をつけて。またきちゃんしゃいね」

短いが、丁寧なあいさつだった。

〈またな……〉と軽く手で応じ、旅人は歩きだした。

〈手慣れた応対は、大したもんだ〉

独り言ちていると、藪椿《やぶつばき》の花首が、藁屋根を伝ってポトリと足元に落ちてきた。

これを拾った女は、尖った葉先の繁るところを何も言わずに見上げている。

組は違っていたが、同じ本木《もとぎ》村で育った。いまでは賄女《めしたき》としてこの店に雇ってもらい、すでに年頃になっている。

うちの庄屋の口利きは流石で、口銭を取らずに世話をする。『互いの安心』が上手く噛み合って、収まりも良い。

「よう働く、良かじょうもんさんたい」と女将《おかみ》に認められ、その評判は持ち帰って報せている。

米と大豆などを作る、百姓の小吉とシヲには、三人の娘がいた。上からイノ、シカそしてチヨといった。

年貢に追われる老夫婦に、娘たちの稼ぎは欠かせない。水呑《みずのみ》ではないが、娘に養子を望むほどの田畠もなく、〈組内や庄屋に迷惑をかけられない〉との思いだけが、二人を支えていた。

それだけに、〈娘たちが周りから可愛がられ、できれば近在の若衆と添い遂げられたら〉との、願いを聞かされてきた。〈ご縁があれば……〉と、八幡様や天満宮への常日頃のお参りでは、投銭を惜しまない。

畦町宿や田圃《たんぼ》で会えば、小吉父っぁんは、髷にかかる手ぬぐいを解いて、勝次の報せを喜んだ。ときに目元の汗を拭う仕草で聴いてくれる。

店の番頭から仕入れた話があった。

シカがいつも締めている朱《あか》い前掛けは、大きく屋号が白抜きされ、遠くからでもよく見える。これを長い棹《さお》に掛け、客寄せの目印にも使っている。店の近くにも掲げているし、飯盛山《いいもりやま》へ向から内殿の上り坂にも、はためかせている。宿主・舩越弁佐衛門が考え出した、知恵である。

「あん褌《ふんどし》には、中身が無かったばい。そんで俺《おい》が持ってきてやったぁ〜」と、酔客がシカの前で前裾を捲《まく》ろうとした。

咄嗟にシカは、「そげな干し柿んごたぁもんやら、うちは好かんたい」と応じたらしい。

それを聞いていた他の客が、「そうたい、そうたい、ちいとは甘かばってん、しわくちゃでこれ以上太うならんたい」と囃《はや》して、店中が湧いたそうだ。

「気の弱か娘《やっ》でしたが、そうですか。そうですか」

シカの逞《たくま》しさが伝わったのか、小吉の安堵が伝わってきた。

「勝あんちゃん、いまから戻りたいね。うずぶろう（ブルブルと寒がる）けん、滑《すべ》らんごと気ぃつけて帰り」

背伸びを感じたが、これも〈成長の証《あかし》〉なのだろう。

間もなくすると、宗像宮や宮地嶽神社、それに香椎宮への初詣客が、この宿を多く通り、とても忙しくなる。

そのあとの藪入りを待ち望んでいるのは、シカだけではない。小吉の細い目が、浮かんできた。

内殿村の日雇いの忠治があとからに着いて、二人で帰り荷を待っている。それは店の番頭にも、乃助じいさんにも通じていた。

街道を往く人たちへ「客待ち中」と知らせるため、『畦町宿』と書いた幟《のぼり》を勝次は提げている。客の求めがあれば、直ちに応じる。だから、どんなに寒くても、中に入ることはできなかった。綿入半纏の襟をすぼめても、足元の寒気は上ってくる。ときにはサコに寄りかかり、少しの暖を感じたりする。

朝よりも強くなった風を、髷を押さえて忠治が潜ってきた。首に巻く木綿の布を、懐から差し出した。しばし、襟元が温かくなってくる。

「勝兄《あに》さん、ちぃ～と代わろう。温もってきやい。あんまり冷えたら、身体が持たんばい」

「それと、いっけと（しばらく）したら、俺はオカラでも帰るばい」

「近ごろ、母《かか》さんの具合が良うなか。飯もよう食わんて、ヨメが言いよる。正月には還暦ばってん、三途《さんず》がちぃーと近こうなりよる」

畦町宿の随分手前に、忠治の村はある。『オカラ』であれば、宿に寄らずに戻ると、藤助には伝えているのだろう。

「そうか、今日は俺もオカラかもしれん。いまどきは、なんか荷があるとばってん、こげん寒いしなぁ」

二人でやり取りしていると、乃助じいさんが大きな手招きをして、近づいて来た。中では分からないが、痩せこけた五体は、膝を曲げたまま、角力《すもう》の四股踏みに似た格好で歩いてくる。

「急な仕事があったばい」

忙しなく振る手と足の運びが噛み合わず、転びそうになった。二人して支え、束の間だけ寒さが削《そ》がれていく。

「明日一番の三代村《みしろ》からの馬子が、来られんごとなったげな。馬がいかんらしい。運ばんならん干柿やら注連縄なんかを、いま小竹《おたけ》から大八に乗せてきた」

「小倉までの注文品らしか。そいやけん、どっちか畦町まで運んじゃりやい。明日からの手配はもう終わっとるげな」

指図する乃助じいさんの声には、優しい張りが感じられる。

「そんなら、兄さんが先たい」

「ちょうどよかったたい。忠治、これでオカラにならんばい。お前が先に帰れ。俺はあとがなぁーも無かけん、もうちぃーと、ここにおる。早よ帰れ。帰れ、帰れ」

「よかとな？」

「よかくさ。それが、よかよか。もうちょっとしたら、俺の方が運《ふ》の良うなるかもしれん。忠治、さっさと積んで、早よう去《い》ね」

「よかな？　そんなら、これは兄さんへの借りたいね」

「なんでちゃ、よか。ごちゃごちゃ言わんちゃ、よか」

背中で聴いて、問屋場の方へ忠治は向かっていく。忠治の持駒は、珍しく若い牝馬《ひんば》だった。栗毛で尻の周りだけ白くなっている。後ろから見ても、忠治のものだと直ぐに判る。

「あれが前におったら、うちの駒《やつ》は急ぎたがるたい。匂いで分かるらしか」

仲間内の期待も、込められている。

忠治に引かれ軽い足取りで、新原の方へ歩みだした。北西からの風向きは、少しだけ和らいでいた。

3

新年に備え、明日は組内で餅つきをする。今年も、とても満足できる作柄《さく》ではなかったが、百姓の合間に馬子をやらせてもらって、何とか年を越せると安堵していた。本木村・中段の田圃五人組を任されて丸三年。今年の餅米は自分で賄った。組内への配給はわずかだが、そろって迎える初春のお供えには十分だった。それも、ここでの賃銭のおかげだった。

「なんや、勝次やないか。今日は、こっちゃったんか。荷がないなら、ここから儂《わし》ば乗せていけ」

聴いたことがある声で、予期しない呼びかけだった。

シカも店に戻り、忠治も発って、寒さの中での辛抱もぎりぎりであった。オカラで帰ると、あきらめかけていたときだった。

振り向くと、立っているのはまぎれもなく脇野弥三郎であった。笘松屋の前で背筋を伸ばしている。

「どこに行っとらっしゃったですか。びっくりですたい。お独りですか」

挨拶の用意などまったくない。姿を見ての思いつきだけが、口から出てくる。

「ここまでは、籠があったたい。余計に弾むけん先まで行けちゅうたら、今日中に箱崎まで帰られんと、断わられたとたい。土産の荷も、ちぃーとあって、歩くのも往生するたい。そいで、今日はここに泊まろうかと、思いよった」

「そりゃぁ～、おおごと、やったですね……」

「年末やし、早よう帰りたかけど、あきらめよったたい。儂ば家まで乗せていけ。他に荷は無かとや。どげんや？」

八並村の庄屋、脇野弥三郎は安心を追い混ぜた語気で、一途に迫ってくる。早口なのは、寒さに因るものだろう。

「オカラやろうと、想いよりました。直ぐにでもよかですたい。庄屋さんなどうですか」

思いがけない『注文』に、今までの空いた時間が、遡《さかのぼ》って満たされる心地になっていく。

「あんときの宮様たちが、京まで帰られると聞いてなぁ、箱崎までお見送りに行ってきた。赤間の石松さん、うちの大庄屋それと浦庄屋の今林さんなどが来ておらっしゃった」

「皆によろしくと、有り難いお言葉があった。特に三条実美様は、儂たちのところへわざわざ来らっしゃって、御言《みこと》をかけてもろうた。ありがたかったばい」

「薩摩のお武家さんたちが随行《おとも》されて、箱崎から立派な船で発たれた」

「立ち話」で済むものではない。持ち帰った密かな興奮を、誰かに伝えたかったのだろう。それから、担いできた荷物を置いて、店の中へ入っていく。

早速、乃助じいさんにこれを報らせた。

「店の方から鑑札が回ってくるやろうから……」

これだけ言って、乗客の準備にかかる。

「よかったなぁ、勝次。やっぱし、辛抱たい」

本気の心配が、この励ましで伝わってきた。

囲炉裏の消し炭を懐炉《かいろ》に移し、厚めの布にくるんで、鞍の上に結び付ける。鞍の定まりを確認していると、弥三郎が出てきた。検印がついた、鑑札状を持ってきていた。

「熱いとば、一杯呑んできた。ほっとしたばい。勝次、あとは頼むばい」

こんな巡り合わせがあろうかと嬉しかった。表情が読めるのか、サコも首を下げ、軽く蹄を立てている。

「大変ご無沙汰で……、お陰で気張らせてもろうとります」

恩ある御仁であっても、村が違えば出会う機会は限られている。上ずった言い方ではあったが、精いっぱいのお礼を込めた。

「これ（博多まで）ぐらいじゃ、歩くことには難儀せんが、もう歳たいね。腰が曲がったままの籠は、さすがにきつくて、帰りはくたびれてしもうた。もう、いっぱい、いっぱい、たい。丁度よかった。お前がここにおってよかったぁ〜」

十分な受け応えはできない。弾んだ気持ちで言葉を受け止め、段取りよく荷を積んでいく。出発前に、防寒合羽を羽織ってもらう。

それから、愛馬の尻をやさしく叩いた。

朝の間に比べ、行き交う人は随分と減っている。旦の原まで戻ると、いつもの山里の香気が迎えてくれる。出向いた経緯などをしばらく話してくれたが、いつの間にか静かになった。疲れなのか、抱いた懐炉や熱燗が利いたのか、うつらうつらと揺られてござる。

下りの傾きが収まり、飯盛山が視界から遠ざかるころだった。

安定して進んでいく街道の、さらに下の方から騒がしい声がした。

舎利蔵《しゃりくら》から本内殿《ほんうちどの》へつながる、谷合の路からだった。

泥濘《ぬかるみ》に輪をとられ、そこから脱けようと懸命に押している車力の一団が見えた。筵の下から馬の脚が出ており、相当の重さがあると分かる。わずか二十間ほど先の薄明りに、空しい視線を向けている。

困った事態になっても、この男たちは助けを求めたりは決してしない。泣き言も聞かない。それどころか、手を休め鉢巻を取るなど、形《なり》を正してこちらに辞儀をする者もいた。

〈俺たちの仕事をしている〉

毅然とした区切りが、いつも感じられた。

静かになった、その次の間合いだった。

「せぇ～のぉ～～」

大声が見事に重なって、大八車がゆっくりと動き始めた。

喝采したい思いだった。

「俺たち百姓も、どげんなるか判らんばい。タイセイホウカンで、オウセイフッコって、三条様が言いなさる」

サコの歩行具合か、大きな掛け声が、庄屋の夢心地に逆らったかもしれない。

「お江戸の将軍様がご隠居なされて、これからは天子様が取り仕切るらしか。そしたら、いままで通りの生活ができるか。どげんなるか、誰にもわからん」

「すぐには変わらんめぇばってん、いずれ、今までとは違う世の中になる。これはマチガイなかろう」

「これまでお上を支えてきた、会津や桑名のお殿さんたちが抵抗して、天子様を担ぐ薩摩や長州たちと、都合ようなか、らしか」

「徳川さんも、自分たちの領地を手放したら生きていけんけん、必死やろう。関ケ原のごたる戦《いくさ》が起こるかもしれんばい」

目を覚ました馬上の客人は、遠い世界の様子を、独り言のように嘆いている。

〈今からは、何かが変わっていく〉

ここ宗像の郷で、郡代官を凌《しの》ぐ知識を持っている唯一の人物、脇野弥三郎の言葉から、そんな予感が漠然と、しかも深刻に伝わってきた。

二　五卿、大宰府へ

1

　おおかた三年前の、慶応元年（乙丑）二月の出来事を思い出していた。まだ馬子ではなかったが、本百姓組頭を任されたばかりだった。この宿や近くの村では、いつにない忙しさがあった。

「赤間宿のお茶屋に滞在しておらっしゃった、大層なお公家さんたちが五人、ここいら辺りを下らっしゃるげな」

「薩摩や長州のお侍さんと、うちの殿さんが縺《もっ》れて、赤間宿じゃ、やおいかんやったらしい」

「八並の脇野庄屋さんな、ここらあたりの馬方の親方じゃやけん、大事《おおごと》になったちゅうて、三日前からバタバタしてござる。大庄屋さんも同《おんな》したい」

　赤間宿への荷運びが多い内殿村の多吉たちが、問屋場の溜りで言いふらしている。

　二月十日早朝、大庄屋城戸九内様をはじめ、近隣の庄屋たちが集められ、郡代官の水野丹後様および三宅左近様から、『五卿《ごきょう》様の大宰府への転座とその見衛《みまもり》』を直々に下知にされたと、本木村の庄屋水上文九郎から聞いたばかりだった。

『往来筋での胡乱《うろん》者の見張り、通行人の整理それに街道の補修や清掃』など、細細《こまごま》と指図があったらしい。野良仕事の多くない時期とはいえ、各村あげての公役《くえき》には『珍しさ』も加わり、軽い興奮が伴っていた。

許斐山《このみやま》南側の山の口峠から、畦町宿・内殿そして旦の原まで続く街道筋が受け持ちになった。おい茂った雑木の伐採や、路傍を箒《ほうき》で清めるなどの分担が、村ごとに割り当てられた。

「明日かもしれん。そいやけん、夕方までに終わらせてくれ」

「間違いのない働きで、本木村の心意気を示してもらいたい」

「他の村からも、応援が来るらしいが、ここは俺たちの村たい」

「自分たちがしっかり働かんでは、示しがつかん」

「ぼちぼち花見のできるころたい。これが無事に終われば、俺が全て段取りする。だけん、よろしゅう頼むばい」

本木村の庄屋水上文九郎は、ひと言ひと言噛み締めている。か細いものの、真剣であった。

近村の百姓にも、『総出』の号令が徹底された。潜在する競争心に火が点かないよう、若い者《モン》の動きには厳しい眼差しが注がれた。

喧嘩や手抜き作業をすることがあれば、見つけ次第処罰する通告も郡屋《ぐにや》に張り出された。

「あげんこと、誰が言うていこうかい。ばっからしか」

後継《あとつぎ》の水上孫六は、親父たちのつまらぬ言質《げんち》を悔やんでいる。

「俺たちは、『宗像宮の石碑』から東の構口《かまえぐち》、それに天満宮の上り口までたい」

「草一本残らんごと、刈り込んでくれ」

組内の者は、新米組頭の気持ちに応えて、研いだ鎌や唐鍬《とうぐわ》などを提げて、午の刻から集まってくれた。

路傍から二間の幅で、半ば凍った粘土質の表面を、二寸ほど掘り下げ整地していく。街道筋の地均《じなら》しも、怠りなく進んだ。

峠の上から畦町のまでの筋は、夕刻までには、見違えるほどにきれいになった。文九郎も安心したのか、何度も頷いている。

ただ、天満宮の手前角に建つ、かって座頭が住んでいた朽ちた藁家まで来て、足が止まった。

「孫六、ここば（この場所を）どうかせんか。壊《くず》してもよかぞ」

「ここは、八尋さんの陣地やけん、どおもできんやろ。なあ、勝次」

「亡うなって三年ぐらいやけど、まだ使えると言うとったばい」

聞いた通りの事情を、返した。

「そばってん、峠ば下りて来らっしゃったら、これが真正面に見えるたい」

親父の説得に、孫六が珍しく従っている。

「いうたら、ここは宿場の玄関やもんなぁ。みっとむない（見映えが悪い）ばい。こんまんまじゃ」

文九郎の感想に一同は手を休め、合点している。

宿場の構口から離れて、一軒だけ建っている。たしかに、目障りではあった。

「勝次、お前は知恵持ちじゃろうが、どげんかせえ。助三郎さんには儂が話ば通す」

「ここの庄屋は、接待に気を取られて、そこまで気が回らんやろ。何か考えまっしょう」

請け負ったものの、即座にまとまるわけではない。明日までに工面すればよいと、そこを収めた。

文九郎の提案を受けて、早速に助三郎と、畦町の薄甫七にお伺いを立てた。

まとまった『案』は、胸の内で膨らみつつあった。

畦町宿（駅）の庄屋八尋助三郎は、ご一行の休息場所提供の大役を背負わされ、屋敷内外《うちそと》の清掃や馬の預かり処の管理、それに茶菓の吟味に至るまで、多忙を極めていた。

いつになく忙しく動き回っていたと、打ち合わせに出向いた文九郎が言っていた。穏やかではないのだろう。燈明が夜の明けるまで点いていたらしい。

「五卿様のお通りは、目出度いこったい。みんな一緒に祝おうてくれ」

助三郎のご寮《りょん》さん（奥方）が宿場中に紅白の餅を配り、各人の家の前に飾らせた。

「この御影石の門ばくぐって、入って来らっしゃるたい。お清めも、お神酒でしとったほうがよかばい。このわしが磨いちゃろう」

勝手に請け負った多吉は、三和土に用意された薦樽《こもだる》『松鶴《まつづる》』を柄杓《ひしやく》で汲み、それを門柱に注いだという。

「こそっと呑んで、酔っぱらって、調子モンたい、多吉は」

まじめに従っている馬子たちも、高揚感を感じていた。お上に神経をすり減らし、身内には寛大な、時が流れている。

行幸の二月十二日は、朝から薄曇りだった。

近在から集まった庄屋や弁差（浦庄屋）たちは正装に身を包み、山之口峠を下った太閤井戸辺りでお迎えをした。孫六や勝次たちも、その後に控えている。

文九郎が心配していた廃家の周りには、紅白の陣幕が設《しつら》えられ、その前に、『祷行啓成御無事』の文字を揮毫《きごう》した大きな看板が、据《す》えられた。幕は、薄甫七が手配した。護念寺のご院家は身を浄め、鋭い筆致で美濃紙と格闘した。

紋付姿の文九郎が、何度も行き来して、ほかの庄屋からの称賛を集めて回った。

「これほどまでに、大切に迎えてくれて、私《わたくし》は心から慶賀に思うぞ。この先も、皆の心配りは忘れまいぞ」

「私もいささか嗜《たしな》むが、見事な揮毫であった。確かな筆致よ、のう」

三条実美様直々の、称賛だったらしい。

御旅所《おたびしょ》のお傍《そば》接待を務めた脇野弥三郎がこれを聴いて、水上文九郎に報せた。

「後世まで、粗末にできなくなった」

神妙に聴いていたと、孫六は嬉しそうに口にした。

二頭の御馬が先行し、三基の御輿《おみこし》が箱崎へ向け発った。

随行者、警護の大小を差した武家風の者、郡代官の姿も見えた。宗像郷の庄屋の顔も分かる。

総勢で百人を超す大行列が、言葉も交わさず進んでいった。

接待が無事に済んだ庄屋たちは、御威光に少しでも近づいておこうと、多くが旦の原まで従っている。

城戸大庄屋と八並村の脇野庄屋は、お役目だと箱崎まで行ったらしい。各村の役員たちも、ほとんどが裏粕屋との境まで見送った。

数日のちに、大宰府へ無事に着かれたとの知らせが届いた。

ことの詳細は判らなくても、自分たちの働きが役に立ったとの感慨があり、各庄屋は村内へ触れを出し、振る舞い酒を馳走した。

普段であれば、この時季は春の鋤き入れへ向う。畦町宿や本木村などの民は、すでに足取り軽く動き始めていた。

本木の村から見上げる見坂の峠道には、山桜が咲き始める。そのあとには田を整える八十八夜がせまっている。

《五卿の御一行は、翌日（二月十三日）大宰府・延寿王院大鳥居《えんじゅおういんおおとりい》家に到着した。その後三条実美らを衛り支えてきた、薩摩や長州あるいは土佐攘夷派の武士たちは、『五卿の厳重取締り』を幕府から命じられた藩主・黒田長溥《ながひろ》に対峙して、大宰府の厳重警護などで応じた。五卿は慶応三年十二月十九日まで二年と十ヵ月滞在した。その間、大宰府は、筑前勤王党の月形洗蔵や、西郷隆盛を始めとする全国の主だった勤王の志士達がここを訪れて、攘夷討幕派の拠点となった。『この国の将来』が語り合われた。翌年一月の『薩長同盟』は、この場において企てられた。しかし徳川家や一橋家と縁のある長溥は、慶応三年十月に加藤司書・月形洗蔵ら福岡藩の勤皇武士を処刑（乙丑《いっちゅう》の獄《ごく》）し、さらに藩内を混乱させていった。唐津街道の小さな宿場・畦町宿が、少しだけ明治維新の歴史に登場する場面であった》

2

畦町宿の馬屋の親方は、筑前宗像郡の人馬仕組受持（人馬方）を兼ねていた、八並村庄屋・脇野弥三郎の配下にあった。

このところ、お侍さんや商人の動きが盛んになって、「街道筋の荷の動きが活発になった」という話が、聞かれるようになった。

それまでは、見坂峠を越す荷の運搬に、サコを連れて従ったりしていた。相場の半分ほどの賃銭であったが、何も言わず精を出してきた。

「畦町の問屋場で、仕事させてくだせぇ」

庭先での、土下座だった。

五人組を任された元治元年（甲子）は、気候の変化が急で収穫が乏しかった。この旧知の庄屋に、二斗の米を持ち込んで頭を下げた。

願った通りにならないことは、重重承知した行動だった。それでも、一途に頼めば何とかなると、前向きに捉えていた。

「いさぎゅー（ものすごく）気の強か、お前の嫁御《よめご》のお陰で、周りにも知れわたった因縁はあるとばってん、それとこれとは、別のこったい」

厳しい言い方が返ってきた。

「お前んとこの庄屋の許しが、ここに来るより先やろ」

「それが済んだら、それからの話したい。それでよかなら、俺のところへ来《き》やい」

「組を任せられたちゅうて、そっちの方が粗末になっては、申し訳がたたんやろ。お前だって、他の者に示しがつかんたい」

「ご時世で、荷が動き出した。人手は欲しいくさ。それでも、スジだけは間違わんごとせな。わかったな」

『筋（わきまえ）』や『順序（てつづき）』などと、諭《さと》す言いかたも含まれている。

おそるに、庄屋の文九郎へ話を持っていった。

病に臥せており、「畦町の薄《すすき》甫七に相談するように」と、告げられた。理由は不明であったが、これまでの経緯《いきさつ》を甫七に伝えると、「さてさて」とだけ口にして軽くあしらわれてしまった。

八幡さまのご利益でもいただこうとお参りをした次の日に、そこの散仕《さじ》がやってきた。

「あすの暮れ前に、畦町の居《すまい》へ来てくれと、言いよらっしゃる」

絞り出すように勝次に伝え、すたすたと帰っていった。

「よか報《しら》せたい」

なんでも明るく受け入れるサトは、その男に丁寧に辞儀をして、引き戸を閉め戻ってきた。

どのような沙汰なのか、地酒の『松鶴』を一本包んで訪ねると、提灯を用意したきのうの散仕が、土間口に待っていた。やがて奥から羽織を装った薄甫七が現れた。

「今から、脇野様のところへ行く。お前も一緒たい。よかな」

「へい」

大穂《おおぶ》村への峠道あたりで暗くなり、散仕が持つ提灯の屋号が浮かんできた。村山田村へ折れる道は狭い。お不動さんの先から右手山裾に登り、足元の明かりに付いていく。

根付け（田植え）に備えて、この手前の方の水路を、八並村の卯二郎や平吉たちと合同で浚えたばかりだった。

雨蛙が泣いている。

風の中にも湿り気が感じられて、気の早い蛍が足元に絡んでくる。許斐山の左手前方に北辰（北極星）が輝いて、その下に八並村親方の屋敷が見えてきた。

路傍の暗がりが途絶え、前方の薄明かりに寄せられていく。

「もぉ～し、もぉ～し、もぉ～し」

「おじゃまば、いたします」

引き戸を開けた散仕が、中をうかがっている。

甫七と二人で、三和土《たたき》へ踏み込んだら、散仕は出ていった。

「八並のぉ～庄屋さま～ぁ。夜分とは心得ますが、恐れ入ってお願いに伺いましたのは、畦町村の甫七にございます。ご無礼とは、重重に存じております。勝手なるお願いで、伏して伏して、罷《まか》り越しました。お目通り、よろしくよろしくお願い申し上げます」

奥に向かって、いきなりの挨拶だった。

「このたびのお手数とご厚情に、わたくし甫七、心から痛み入っております」

「今晩は、勝次も同行させていただきました。厚かましいお願いをお聞きいただけると、本人ともども恐縮至極に、畏《かしこ》まってございます」

「まずもって、これまでの勝次の不始末とご無礼、心よりのお断りとお詫びを申し上げます。若輩者ではございますが、捨て置くこともかなわず、わたくし甫七、恥を承知で罷り越しました」

「本来でございますと、本木《もとぎ》村親方の文九郎が直直《じきじき》にお伺いし、お願いを申し上げるところではございますが、何分臥せっております。そこで、わたくし甫七めが、文九郎の意向を携えまして、名代として参上いたしました。なにとぞ、なにとぞ、お取り計らいいただきますよう、重ねて、重ねてお願いを申し上げます」

広い土間から、座敷の行燈《あんどん》が見える方に向かい、屋敷の四隅《よすみ》に行き渡るような張り切り声で、薄甫七は朗々と口上を述べている。

これを聴き、これまでの自分の行いについて、振り返っていた。

〈無礼ではあったかもしれないが、迷惑を周りに及ぼすことはなかった〉

何が起ろうとしているのか、何ひとつ分かってはいなかった。

それでも、甫七の傍らにいて、身の引き締まる震えがあり、それは未体験の衝撃となっていった。

　あとの静けさは、客人の意図を確かめるような、間《ま》となった。

「夜分で足元がおぼつかないのに、ようこそお出でましいただきました。どうぞ、お入り下さいませ。お待ちしておりました」

　框の障子が放たれ、正座した主人がこちらを向いていて、眼線を動かさずに、ゆっくりと首を下ろしている。

　物静かでやさしい、それでいて威厳を感じさせる出迎えは、先日の様子とは、明らかに違っていた。この雰囲気に圧《お》され、あいさつどころか、沈んだ頭を上げることができなかった。それ以上に、額が土間に擦れるほどの甫七であった。

　普段のつきあいでは、互いの身の程を吟味しながらも、いつもの立ち位置で歩み寄り、さり気なくふるまう間柄であったろうが、正対する時には、厳しい作法が求められる。厄介ではあったが、雑念を払って向き合う引き締まった関係も、心地よい。

　家人の案内で座敷に通され、一緒に後ろからついて上がった。部屋には踏み入れず、縁側の板張りに座っていた。

「お前も」

　静かな指図であった。これに従い、離れて座を頂いた。

　床間を背にして座るのは、主人の弥三郎。訪れた二人は客ではない。床に向かって、二間ほど離れて正座している。さらに、その後ろに畏まっていた。

脇野弥三郎の眼には、厳しい輝きは感じられない。ここまで上がってきて、二人を受け入れる気持ちが、伝わってきた。

「よう、来らっしゃった。甫七さんには、何回も迷惑かけました。この男の気性は、経験済みで、分かっとるつもりです」

「心掛けも、納得ができるもんですたい」

「この歳で、組内の生き方に責任を持つ、心意気もよぉーく、分かります」

「しかし、それだけでは収まらん事が、幾つもあると判ってもらいたかとです」

「一昨日、ああたが来られた。すでに前と後ろは分かっている。文九郎さんへ何んも義理が無かとに、他所の村の頼みごとを、黙って引き受けらっしゃる」

「自分の村内には頼まれんこともある、ちゅうことですな」

「うちも、本木村も畦町の宿場も小さいところで、隣り合って暮らしている」

「これまで、互いに助け合ってきて、争いも何もなか。これからも、これを続けないかん」

そこで、甫七は右ひざを叩いて、応じている。そして、こっちを向いた。

「ここが、お前が弁《わきま》えないかん、大切なとこよ。勝次、分かるか」

少し大きな声になった。

それに沿って来た脇野の視線も、頷《うなず》きつつ受け止めていた。畳の縁を舐めるほどに頭を下げ、自分の言葉を封じ込めた。

「これの嫁のことでは、ああたにずいぶん骨折ってもろうて、甫七さん、これでチャラですな」

覚悟していた、件《くだん》の話が始まった。

「いいや、あれも弥三郎さんのお陰で丸くいきました。水上の文九郎さんが、あん時も具合が悪うて、日頃のお付き合いが利いて儂のところに。それに今度ですたい。ほんなこと申し訳なか。そうですなぁ。サトのときは、こっちも、びっくりしましたばい」

サトとのご縁は、だれもが知っている。

「そうですたい。付き合いが長い、浜の弁指《べんざし》（浦庄屋）の与助さんが、うちに来らっしゃって、『本木の勝次がのぼせて、卯吉の養女サトにヤヤコが出来た』ちゅうて、言わっしゃる」

弥三郎が、少し乗り出してくる。

「ああたが困ってござって、水上さんに訊く前に言うて、うちに来られた。それで、儂がこいつを呼んで、確かめました。ああた、賢明でしたばい。水上さんなら、ああたに頭を下げとうなかもんやから、何もせんで、与助さんやら勝次の悪口ば言うだけやろ」

甫七は相手の意を汲み、さらに持ち上げる。

「そんなら、何とかしようというてくれたのが、甫七さんですたい。わしも、与助さんへの顔が立って、よかったですたい」

「仲立ちを、与助さんから文九郎さんへ持っていったのは、ああたの知恵。収まりがよかったぁ」

何度も耳にした物語だった。黙って聴いている。

『良縁じゃった』と自賛している庄屋たちは、相手の手柄話を繰り返すことで、巧みに間合いを詰めていく。

サトだけが惚れた縁とは言えない。

歯切れがよくて、笑いが絶えない女の仕草に、いつしか惹かれていた。干物などの行商をする、てぼ振り女たちに付いてきては、銭勘定を一手に引き受けていた。

「ぼさっとしとったら、勘定があわんごとなるぞ」

無口ながら、精いっぱいのチョッカイであった。

「好か〜ん！　あたきは、間違うたりせんばい。何ば言いよっとね」

手に持った算盤を大仰に振って、抗ったことがあった。

その形振《なりふ》りが可笑しかったらしく、近くの、振り売りバアさんが「あんたたちゃ、仲がよかねぇ」と、からかった。

「あんたくさ、緩んだ褌から、太かイモチンが見えよるばい」

横から同僚の女子《おなご》が、囃し立てる。

「その立派なモンで、近くの女御ば、追いかけよっちゃなかね?」

「ほぉ〜ら、返事が無かたい。手を振っても、顔が正直たい」

「よかよか、若い男たい。我慢できんやろ。しょんなか」

抵抗すればするほど攻めたてる、浜の女たちだった。

「サトよい、あんたもこげな男が、よかばい。どげんね、安ぅ〜しとくばい」

お構いなしに、親方の娘をいじってくる。

「好かぁ〜ん」

サトの反応は、いつも同じだった。

若い女子も、年増の女も、若い男への興味は変わらない。ワザとらしい大きな笑いが、男への眼差しをその時だけ洗い流してくれる。

サトも、年頃になっている。

自分だけが知っているサトの良いところは、この御仁たちには縁なきことであった。

当主が手を鳴らし、家人がお膳を三脚そろえた。

「勝次、お前の門出たい。ここへ座って、一緒にやれ」

弥三郎は甫七の意向を訊くことなく、こちらへ投げてきた。応えもしないで甫七の方を何気に向いていた。

「こげん言われるとやから、今日はよかたい。直《じか》に教えば貰《もら》え。こげなことは二度となかとぞ」

甫七のすぐ後ろに移り、さらに硬くなっていく。

「サトも、たいしたジョウモンですたい。丈夫な坊主を早速こさえたとですよ。勝次も惚れとったごとありますすなぁ。なあ、そうやろ。こいつのことでは、いつも迷惑ばっかりで、ここら辺りじゃ評判になっとりまっしょう」

「いやあ、なんも。うちの若い組頭やらにはない、ちょっとした機転がありまっしょうが。行幸の時でも、みんな驚いて、赤間の石松さんも感心して、何度も褒《ほ》められたとですよ。今からが楽しみなヤツですたい」

「弥三郎さんにそげん言うてもろうて、果報者《かほうもん》ですたい。本木の親方も、そこらあたりは判っとるでしょうけど」

「大庄屋の城戸さまに言うたらくさ、周りを助ける気持ちがあるちゅうのは、見習わないかんなぁと、言うてござった」

「こいつは、字が読めて、『三《さん》と六九《ろく》（算と録）』ができます。ヨメのサトも浦育ちで、算盤なんかもやるそうです。百姓がいちばん苦手なことですたい。日銭を稼ぐヤツの、手本になればよかですたい。いっちょう、からげて（がんばって）もらいまっしょう」

甫七は、身内のような口ぶりを収めて、返盃に頭を下げている。

「ああたも、早よう畦町宿を取り仕切るごと、なってもらわんといかんですばい」

酌み交わす二人が、行燈の明かりの中で、村内外の心配事や郡役人の性悪の様子を語り合う。覚えのある噂も聴こえてきた。静かな盃の遣り取りが、それからしばらく続いた。

ときには、空いた盃を抱いたまま思案顔になったり、受け応えが外れたりしてきた。甫七の勢いも細りだした。

その時だった。

「甫七さん、江戸はいま、大変なことになっとるらしか」

「いろんな国から開国ば迫られて、幕府は往生して……。家茂さんもはっきりせんで、ご老中もやおいかんやろ。言うことを聞かん薩摩や長州も、その外国と戦争しよる」

「天子様のご意向を無視して、外国と都合ようしとるちゅうて、大老の井伊さまが水戸の藩士に殺されて五年になる。それから、どこの藩も、自分たちの勝手ば、言い出した」

「今が慶応元年の夏至やろ。難しい時代になったばい」

「そうですなぁ」

　気のない返事に、聴こえた。

「しかし、これからどうなっていこうと、オレたちの役割は、変わらんじゃろう」

「百姓がよう働いて、静かな生活が長く続く世の中を願うだけよ」

「それが、一番ですな」

　力のない応対になっている。

「うちの殿さんは、どげん思いよらっしゃるちゃろか」

「あんお方は、薩摩からのご養子さんですけんなぁ」

「……」

「心配ですなぁ」

〈才太郎が紅葉手《もみぢで》を広げ、サトの大きな乳を懸命に吸っていた〉

「勝次！」

　右手に徳利を持ち上げた脇野が、それをこちらに差し出した。緩んだ空気が破れていく。

　届くところまで居座《いざ》っていき、これを受けた。

「頼んだぞ、勝次」

　一気に干して、深々と頭を下げた。

　背筋に張りを感じ、現実へ戻っていく盃となった。

《振り売り（『てぼ振り』とも言った）には、厳格な取り決めがあった。まず、扱う商品が決められていた。①茶　②たばこ　③油　④本結鬢付け　⑤紙類　⑥打綿　⑦縫針　⑧灯心と付木　⑨墨・筆　⑩生魚類　⑪海藻類　⑫塩魚類　⑬酢・醤油　⑭塩、以上が品定めとなっていた。また、『右の品々商売指免候、免札表ニ無之品持運候カ、又は免札無シ之商人・借リ札之者、郡中へ入込候ニ於いては、見当次第荷物不残其所へ押取、其次第可申出候、遂詮議、右荷物ハ申出候者へ可遣旨、郡方へ申付置候間、猥《みだり》ニ成儀無之様申付候事』と、免札がないと商売できないことや、違反者の荷物は、見つけ次第残らず没収するなどと決められていた》

三　ひこばえの村

1

馬を飼う農民が、「運搬」などの日雇いを務めるには、庄屋と郡代の許しが必要だった。本業の方が疎かになれば、年貢が滞り、村への指摘はきびしくなる。

もとより、ご法度でない限り、農作以外の様々な稼業の習わしを、郡代も奨励していた。夜間には、藁と竹皮を編んで草鞋《わらじ》や草履《ぞうり》作りに励んだ。器用に編み、笠を作る年寄り名人もいた。山菜採り、漬物つくりや、干し柿の生産なども盛んだった。いずれも、畦町の宿場で売ることが許されている。

生蝋《しょうろう》を採取するハゼの木を、川土手などに植えたりもした。

『大雪』も近い十月下旬になれば、田圃はしばしの休閑となる。麦や菜種《からし》などの裏作に励む者もいるが、地の利を考えて、各自の判断に任されている。

寒くなれば採れる青菜や大根などは、女房たちの畑仕事だった。

僅かであっても、貯まった日銭は、細《ささ》やかな生活の糧になった。米や魚などを買えたし、肌襦袢《じゅばん》に化けたりもする。村祭りのための、『日切り銭』も求められる。

馬屋の前には、筵《むしろ》の上に白菜《しろな》が干してあり、軒には剥《む》いたばかりの柿と大根が、色を競っている。空の青さを隠しきれない鰯雲が、模様鮮やかに拡がっていた。しばらくはこれが続くと読めた。

「モズが啼きよるばい。日和が良いもんなぁ」

少し曲がった背中を起こして、母のムツが吐いた。

実りの秋であれば、青空もまぶしく爽快な日々が訪れる。山も色づき、畑にはない収穫が期待できた。

これからの山仕事に備えて、鋸《のこ》と鉈《なた》などの手入れが欠かせない。破れた籠《かご》があれば、藁《わら》や乾いた蔓《つる》で手当てし、備えておく。

山を越えた村ほどではないが、本木村の冬も相当に厳しい。囲炉裏の薪も欠かすことができない。

入り会いが認められている地域は、西山の北側。馬が登れない傾斜が続いている。姥目樫《うばめがし》やブナなどの、ひこばえができる樹を主に探しだし、伐り出していく。何本かまとまったら、縄で結わえて斜面を引いて下りる。

入山は期間が限られており、短い時間で手際よく作業しなくてはならない。段取りをするために登ってきた。サコを道端の草が残っているところで遊ばせ、駆けあがっていく。

毎年やってくる所ではあったが、樹の育ち具合によって、少しずつ景色も変わっていく。朽ちて倒れた木を避けながら、樹を下ろす道筋をなぞり、六寸ほどのクヌギに取り掛かる。五年前に切り遺した株で、来年になると手に負えなくなるし、切り出しの邪魔になると見込んだ。

上から鉈で切り込み、頭を上に傾けて後ろから鋸を引いていく。

同じように三本倒したところで、荒縄に下から三尺くらいのところを銜《くわ》えさせ、これを持ち上げては踏ん張りを決め、ゆっくりと下る。これぐらいの大きさになると、一本であっても気を抜けない。生木《なまぎ》の重量感で、腰のあたりが右に左にぶれる。まだ自分の体力は十分に機能すると、弾みを感じていた。伐り出しだけで、一刻ほど掛かってしまった。

下見のつもりで山に入ったが、下準備と思うと身体が勝手に動き、三本のクヌギを倒した。これはそのままに放置して、入山に備え、辺りを均《なら》しておいた。

組内に必要な薪の量は毎年変わらないが、効率良くすれば残余を炭焼きに回し、日銭につながる。それも目論んでいた。

数日後には組内の談合があり、入会地での作業を決めて、日時と段取りを庄屋に報告しなければならない。

この組は十一月十日から四日間と決まった。

少し寒くなってきたが、それくらいが丁度よい。

伐り出しの目途は、大方ついている。

一日目は、とにかく伐採に全力を注ぐ。雨がくれば傾斜地が濡れて足が定まらず、上手く引けない。行き止まりまで来て、竜吉と造六は辺りを見回している。下ろした樹木を捌く場所を、まずは確保しなくてはならない。同じ景色だが、小木の生え方で少しずつ変化していく。サコと二頭の馬を、近くの草むらに放って、山に登る。

「行くぞ」

「おぅ」

掛け声はそろっている。

一番若い辰三を先頭に、幸次、利七が急な斜面を一斉に駆けあがり、これに続いていく。

竜吉と造六は、すでに下ろしていたクヌギを切り揃え、運び出しの準備をしている。

さすがに四人で取り掛かると、格段に効率が違う。切り出しする幹に、鉈で標《しるし》をつけていく。それを利七が大鉈で切り込みを入れる。幸次がその幹を山側へ倒し、辰三が鋸を引いた。

十本ほど溜まると、数本ずつ束ね、括《くく》った荒縄を丸木に渡して、それを二人の肩で荷い、呼吸を合わせて慎重に下りていく。踵《きびす》で傾斜を確認し、落とした臀部《しり》はそこをなぞっていく。下ろす隙間を考えた指図が、正確だったたと安堵する。

下で待つ竜吉たちがこれを同じ長さに切り揃えて、馬が引く木橇《そり》に積んでいく。

険しい傾斜を、四度ほど昇り降りして、午《ひる》になった。

本木川の河原に煤けた鍋を据える。

何も無くても『山料理』。緩んだ顔が役を弁え、動き出す。

「飯は少しばってん、それでよか」

「お前たち、何を持ってきた？」

「大根と唐芋があるばい」

利七はこれを川で洗って、鉈で刻んでいる。

「カカアの郷からもろうた、味の良かぁ～イリコがあるたい」

「まずはこれば、滾《たぎ》らしょうや」

そこへ竜吉が戻ってきた。

「これだけあったばい」

籠の中には、アミタケやキンタケが入っている。二度目の戻りの合間に、得意のキノコ狩りをしてきたのだ。河原で丁寧に洗い、鍋の中に放り込んだ。押し麦も入れる。

にわか仕込みのみそ鍋で、昼餉《ひるげ》が始まった。

何処からか持ってきた大徳利の栓を、辰三が抜いている。

「猪肉《ししにく》をこげな鍋に入れたら、旨《うま》からしか」

「てぇ～、猪な？」

「八並《やつなみ》の玄治が、許斐山《このみやま》で襲われて、格闘したらしか」

「あいつの話は何処まで本物か分らんが、鉈で仕留めたらしい」

造六が伐り出した真竹の盃に　どぶろくの香りが満ちていく。

「来年は、ふるかなぁ」

「ふるくさ。そげん思うとこうや。いくら考えても、お天道様が決めるこったい」

「こればっかりは、将軍様も、お殿さんも決められん」

「いくら考えたっちゃ、しょんなか」

年長の竜吉が、抑え込むように言い放った。

そのあとに続いたみんなの声には、自分たちの運命を自分たちで決められない、しかもどこにも吐き出すことができない、腹立ちが籠っている。

本木川の源流から、名残のモミジが流れてきた。

二日目の十一月十一日も、晴れになった。

昨日（初日）は、皆の呼吸も合って、三頭立ての馬橇で、クヌギやクスを、三往復分運び出すことができた。予定通りであれば、今日も同じ算段が考えられた。

朝餉も摂らず、一目散に山に向かう。

薪は少し乾かして、正月明けごろに、使えるようになる。残っている去年の切り出し分が先だが、竈《くど》や共有の釜風呂で費えて、備えが危うくなっている。『山を守る』大きな目的は、生活の支えを確保するためでもあった。

時期に応じて、定まった許可は取れるものの、「この時期の薪が一番だ」との誰もが思っていた。他の時期に伐り出すと、どうしても水気が強過ぎて、乾いた軽木は火持ちが細いことになる。

五人組（勝次のところは六人）の張り切りは、尋常ではない。もちろん、伐り出しは、今年だけではない。ひこばえを残し、小さな芽出しを見つければ、その周りを固める作業も、欠かせない。

三日目も、順調に進んでいった。

四日目の朝に、静かな秋雨が来た。強くはなく、草を湿らすくらいの降りで、予定通り山へ向うことにする。

辰三が真っ先に登っていった。中段までは粗方《あらかた》済んでいたが、その上はここ二～三年踏み込んでおらず、放置できない箇所ではあった。

「兄さん、今年はこの高さまでやっとこうや」

「そうやな」

あいまいな返答だったと、辰三の戸惑いから見てとれた。

今日も三回は往復する算段だったが、辰三が示した範囲では、少し足りない感じがした。

〈これ以上の高さと、大きな樹に仕掛かるには、今の道具立てでは……〉

迷いがたしかにあった。

「そこまでやったら、飯前に終わるやろ」

「上を残したら、来年がなぁ」

この呟きは、聴こえておるまい。

標《しるし》を付けながら、定まらない気持ちが消えないでいた。

二回分の伐り出しは順調だった。

躊躇《ためらい》はあったが、久しぶりに使う滑車と、それに銜《くわ》える綱を竜吉から受け取った。

これからは、今までの方法では適《かな》わないと判断している。新たな道具立てに、強い目線を絡《から》ませて差し出され、しっかり受け取った。

〈気ぃつけて〉

共通した思いが交叉した。

幸次が降りてきて途中で引き取り、利七と辰三が今までより重い綱を引き上げていく。

予定の伐採はすべて終わっていた。より高い場所で、しかも大きな楠だった。小枝を払い、運び出しだけが残っていた。

ここからは、各人の役割も違ってくる。

幸次が時間をかけて、さらに上の楠の大木に滑車を固定する。利七と辰三がこれを見つめ、従っている。

綱をこれに通し、下ろす樹上にある丈夫な枝と幹に結びつける。それを幸次と二人で請け負う。

利七と辰三は二十間ほど降りて、落下地点を避けて、綱を体に巻き付けた。上を見つめる構えが整ったら、そこから合図を送ってくる。幸次と確認しあって、結んだ樹を滑らせる。

「ザァッ、ザァッ、ザァッ」

綱は、やおら張り切って、伐り出した生木の重みが、利七と辰三の肩と腰に架かる。

「ずんっ」

「うっす」

懸命に耐えている。

「竜兄ぃ、今から下ろすぞぉ〜」

張りを確かめて、下で待つ竜吉たちに大声の合図を発する。

「いつでも、いいぞぉ〜」

見えない竜吉からの応答が届いた。

持った鉈の背で、その木《ぼく》を「コン、コォ〜ン」と打った。

「おろせぇ〜！」

山肌に食い込む、尖った響が拡がっていく。

利七と辰三がゆっくりと加減して、掴んだ綱を解き始めた。下ろす方向づけなどの操作を、幸次と務める。綱を張り、全身で大樹の重さを受け止める者と、下ろす方向を見定める者が、同じ呼吸で繋がって、この働きが出来上がる。

そうやって、粗方の量が捌けた。あとは直径が一尺余りの幹が二本だけ残っている。

同じ手順で、上手く進んできた。もちろん、一本ずつ下ろす。

「無理せんでよか。少しずつ下ろせ。ゆっくりでよかぞぉ〜」

今までの段取りで、みんなの作業は安定している。

十間《けん》ほど、下った時だった。

綱の張りが……、ふっと、解けた、感じが……？

間があった。

幸次との制御で、ゆっくり滑っていた樹が、勝手に滑り始めた。そして、濡れた草の上を、あれよと言う間に、加速している。勢いがついてきた。制御ができない。

左手にいた幸次が、まず飛ばされた。それでも何とか、近くのクスノキの枝にしがみついた。

「竜兄ぃ〜、逃げろ、逃げろ〜〜！」

「落ちてくるぞぉ、逃げろ〜〜！」

そして声は散っていく。

「辰、締めろ！締めろ！」

事情がつかめない、辰三と利七は懸命に綱を引いている。そして二人とも、かなり持ち上げられ、大きな木に挟まって止まった。

伏せた頭を枝に弾かれ、俯《うつぶ》せになって止まった。

そこから、竜吉と造六の素早い動きが、遠目に判った。

造六は真下にいた馬に、咄嗟に強い鞭を入れた。嘶《いなな》いて三頭揃って駆けた。自分も脇に逃げた。

竜吉は、橇の側で消えた。

「ザッ、ザッ、ザアァーン」

落ちていく樹の枝が周りの草木をなぎ倒し、加速しながら滑っていった。

「ドゥ〜ン」

嫌な沈黙があった。

綱を括ったままの樹が、着地の状態で橇の近くに直立しているのが、上からも見てとれた。

茫然とする空気を裂くような、叫びだった。

「おぉ〜い、声を出せ。みんなぁ〜声を出せーっ」

「下は大丈夫やぁ～?」

「そっちは、大丈夫かぁ～?」

造六の声が、下から届いた。

「辰も利七あんちゃんも、ここにおるぞぉ～」

上からの声だった。

「幸次はどうかぁ～」

「胸を打って、声が出らん。ばってん、生きとるぞぉ」

やっと、聴こえてくる。

予期せぬことに、襲われた。

綱を辿《たど》ると、大きく変形した滑車が、付いてきた。

自分の判断が軽率だったと、さらに十分な点検をしなかったと、素直に詫びた。

大切な仲間を危ない目に遭わせた、この責任は大きい。

大事に至らなかったが、許されるものではない。この組の結束のために、二度と起きないように誓っていた。もちろん、独りだけで出来ることではない。

『慶応三年（丁卯）十一月十三日伐採　勝次組』と書いた杭を立て、山を下りた。口を利く者は、ほとんどいなかった。


《勝次たちが暮らす、本木本村《もとぎほんむら》の在所は、村内を流れる本木川（内殿村で西郷川に合流）沿いの周辺に、おおむね集中している。その少し下流と、畦町の宿手前までの西郷川沿いに、田圃や畑が連なっている。祥雲寺（曹洞宗）と宝林山・西法寺（浄土真宗）があって、庄屋は「宗旨改め」をそこの僧と図り、人心の安定に努めていた。ほかに、農機具や馬具などの扱いをする鍛冶屋が二軒。それ以外は、ほとんどが勤勉な百姓たちであった。河内などの枝村を加え、個数にしておよそ百二十軒、七百人足らずが、この谷合で暮らしている。組頭を務める勝次は三十三歳。誰よりもこの村を誇りに思い、老若を問わず打ち解ける術を、備えていた。「無鉄砲で、見境を誤るな」と、年配者から諭されても、それに勝る確実な振る舞いで、頼りにされていた》

2

慶応三年（丁卯）の師走二十四日は、餅つきだった。

五十路も半ばになる姑のムツは、走り回る孫の才太郎を見守り、竈の具合を覗いている。湯は滾《たぎ》り、サトが蒸籠《せいろ》を乗せれば、いつでも始められた。臼も杵も、組内の女たちがきれいに洗い、出番を待っている。

「揃ったら、すぐに始めるぞ」

「いつでもよかよ」

サトとの間合いも、息が合っている。

そこへ、桑野庄屋代理からの、急な触れが回ってきた。

「ここ数日、庄屋文九郎の容態が芳しくない」

「いよいよ……、らしい」

「いろんな準備をしておけ」

畦町のヤブ医者の、診立てと言っている。

そこで、男衆《おとこし》でご祈願参りを踏んで、少しでも良くなってもらおうという、村内の心意気だった。

「餅つきは、どうかのう？」

取り仕切りを任じる桑野爺さまは、怪訝《けげん》そうに思案している。

五人組から、それぞれ三〜四人出して、村内の神社・お寺を祈願巡礼する。やり方は先人からの習わしがある。これも夫役と言ってよい。

〈正月に入る前に……〉

と、想えば、分らぬ判断ではなかった。

数ある五人組・組頭で、自らで判断ができるのは平蔵それに九平ぐらいで、他の組も黙って従うはずだ。

「庄屋さんの事も大事、うちの餅つきも大事なこったい。よかよか」

いつもより静かに、語り始める。

「もちろん、祈願参りもちゃんとする。どっちも大事なこったい」「まずは、みんなで祈願参りに従って、庄屋さまの安堵をお願いしようや」

桑野爺様に頭が上がらぬ庄屋のせがれ孫六は、俺たちのことも分かっている。父親の弔いを出せば、それから七日以上は、喪に服さなくてはならない。そうなれば、餅のない暗い正月を過ごすことになる。これは本意ではない。

「勝次、よか、よか。できる限りで、あんまり心配せんでよか」

「村の者が喜んだら、親父はそれが利いて元気になるくさ」

周りからの負担と反発を気遣う孫六は、本来は雑駁《ざっぱ》な性格で、判断がしばしば揺れたりする。声高《こわだか》な主張に従う性格は、親譲りといえよう。

「昨日から、餅米も洗うとるし、準備はぜんぶ済んどる」

「竜吉兄さん、造六さんそれに幸次と利七。おっかあを全部、家へ寄越してくれ。辰三、お前はサトと打ち合わせて、餅つきの段取りに当れ。よかな」

外した辰三だけが独り身で、親の持ち分を継いでいる。

「始めるとは、昼ぐらいからでよかばい」

集まった組内の者に「どっちもする」と言うと、役割が分からぬ者が顔を見合わせている。

辰三だけは、呑み込みが早い。思い描いたその日の段取りを、サトと打合せて進めるように伝えていた。

『杵と臼』が夫婦の象徴と見做され、家内安全・子孫繁栄に絡めた吉例行事だった。男がいない餅つきは、考えられなかった。

二人目が腹の中にいるサトは、蒸籠《せいろ》に米を注ぎ、ひょいひょいと重ねていく。女手で搗きあがった一升餅は、杵を持てない古女房達が、丸めていくだろう。

「男たちゃ、しばらく帰らんやろ。ゆっくりやったらよか」

姑が声をかけると、女たちは同調していくはずだ。

「本木の女御《おなご》は、あら（荒）かましい」という者がいた。

「よう、からげとんしゃぁ」と、「働きモン」との自慢を含んでいた。さして豊かでもない、奥まった村まで嫁いできた。朝から晩まで田や畠に出て、飯炊きと洗濯、それに子を産み育てる。たまには、気の立った亭主の相手もしなくてはならない。

年頃の娘御も、同じように思われていた。

「祭りであっても、本木まで夜這いにゃ行くな」

「幽霊がでるらしか。それでも、覚悟して嫁にするならよからしかばい」

〈そういう噂の出処《でどころ》は、本木の方からではないか〉

確かに、可愛い娘を守りたい親父の願いが匂ってくる。

母のムツは、八並村からきた。そしてヨメのサトは福間浦の卯吉の養女だった。ふたりとも、評判どおりの女御である。

男たちが、祈願参りで村内を巡っているときには、二人の指図が利いて大方の餅米が、餅になっているだろう。

縦列の最後尾で、上の組の善吾が造六に呟いている。

「庄屋さんな、ほんなごと悪かとやろうか」

「俺たちば、試しよらっしゃるという者もおるばい」

「そげんことあるもんか。しばらく見らんけんな……」

若い善吾を、励ましているのだろう。

「六根清浄、ロッコンショウジョウ、六根清浄……」

「ナンマイダァ、ナンマイダァァ〜」

「ここらでよかろう。みんなの気持ちもお神さんや仏さんに届いたやろ。これで親方も元気になられる。なあ、孫六」

無事に役割を果たした爺さまが、西法寺で最後を締め、みんながこれを神妙に聴いている。

静かに、辰三が近づいてきた。小さな声だった。

「兄さん、まだ二升臼が残っとるばい。御鏡餅たい」

「そうか、これからたいね」

首尾よく村の期待にも応えられて満足していた。庄屋の快気があれば、なおよい。

女房たちの働きがあればこそ、両方面を丸く治められる。

最後の臼を、それぞれの夫婦が交代で搗いた。もろ箱を配ったころには、宵の星が輝いている。

寒さが少し和らぎ始めている。

脇野弥三郎からきのう貰った酒がある。これを呑んで、組内最後の会食となった。来年の豊作を、みんなが求めている。

『おなごもち』

この年の餅を、こう呼び合った。

栗餅や小餅は、女だけでついた。女肌のように柔らかいと、女房たちは言いふらした。それを雑煮で一口喰った文九郎が元気を取り戻したという下世話な噂が、下西郷村あたりまで流れていった。

3

年が明け、慶応四年（戊辰）が始まった。

百姓たちも、暫《しば》しの休息を愉しみ、わずかな自由を味わっている。

年越しの小雨が上がるのを待って、八幡さまに詣で、庄屋さまへの年賀に訪れた。

「いまも臥せっている」と孫六に聴いて、三和土のところでお屠蘇をいただく。

「お大事か？　親方によろしゅうに」

「新年を迎えました。おめでとうございます」

「よき一年となりますよう」

年下の孫六が照れている。祈願参りのお礼に頭を下げた。

揃ってお膳に座る前に、畦町と八並の庄屋にも、お年玉を提げて年賀に伺うことにした。温かな小雨はすっかり上がっている。

「ここの庄屋さんだけでよかろうもん。誰も、兄さんのごとは、しよらんばい」

「それよか、はよう御神酒《おみき》ば頂こうや。兄さん、元旦ばい」

独り者《モン》の辰三が、子供みたいに意見した。

「まぁ一刻《いっとき》だけ待て。サトのことだけじゃなか。親父がここに来た時にも、たいそう世話になっとる人たちたい。元旦に済ますとが、意味のあることったい」

「これは、わぁの気分たい。けじめたい。分かっとろうが……」

草草《そうそう》の、尖《とが》った言い方になってしまった。

〈これほどまでに……〉、と自分でも思っている。

縁のある庄屋とのつながりは、丁寧に保っておきたい。それは、予想できない災難に遭った時に、頼れると思うからであった。

傾斜地で、水が溜まりにくい田圃を、三段に区切り直して、父・平次郎は、ここに定まった。上からの水がいくら多くても、適度に本木川や下の段へこれを逃がし、石垣は長く崩れなかった。

この造作を後押ししてくれたのも、周りの庄屋たちだったと聞いている。その平次郎が遺してくれた田圃を守り、これからも繋いでいけるよう、あらゆる手筈《てはず》を尽くしておきたい。

八並村の庄屋のところでは、庭先に薦被《こもかぶ》りが据えられ、年賀の寿《ことほ》ぎが聴こえてきた。中の様子は判らず、遠巻きに伺っていると、弥三郎の方から気づき、表まで出てきた。

「おお〜ぃ、勝次、こっちへ来い」

「今年も来てくれるやろうと、待っとったばい」

宗像一の知恵者が、ある時を境に親しくしてくれる。

「こん前は、無理言うて、すまんかったなぁ。お陰でゆっくりできる正月たい。助かったばい」

「きょうは、正月の祝いだけじゃなか」

「三条様が、無事に大坂に上陸されたと、郡屋に来た飛脚が言うとったらしか。間違いなかろう」

「薩摩の春日丸は、えらい速さたいなぁ」

「見送った、ばっかしやもんなぁ。よかった、よかった」

「これからは、あの方が天子様と一緒になって、この国の舵取りをなさる」

「そう思うとくさ、この弥三郎は、世間のお役に少しは尽くしたと嬉しかとたい」

「そんなこんなで、村内にも報せてみんなに来てもろうた。よか正月になったなぁ。そんやき、お前も飲《や》れ」

「これで、今からの時代は大きく変わるとばい」

「ちょっとだけのご縁やったが、俺は出来る限りのお支えを務めた。そしたら『御礼』ちゅうて、短冊まで書いてもろおて……。その御仁が、天子様に近いお人になられて……」

「勝次、オレの気持ちがわかるかぁ?」

「都《みやこ》も、たいそうな騒動が起こるらしか」

百姓たちには判らない、世の中の変化が、弥三郎の口調から、幾度となく発せられた。

戻れば、組の者が揃っていた。

「待たせました。おめでとうございます」

面合《つら》わせだけはお宮でしてはいたが、改めての正月祝いであった。まずは屠蘇から回し、酒になる。

女房たちがこさえた、がめ煮や煮〆、小魚のつくだ煮、それにサトの郷から運んできた塩ブリの切り身、などが並んでいる。

今年もまずは、お天気に恵まれたい。ここに居るみんなが達者であれば、なおよい。三十三歳となった勝次の願いだった。

八並・畦町でいただいた祝い酒が効いたのだろう。男たちの勢いある騒ぎが、子守歌のように聴こえてきた。

弥三郎が言ったお公家様の話や、京都での騒動など、みんなに聴かせておこうと思っていたが、気分の緩みには勝てない。

竜吉、造六、幸次に利七それに辰三の顔が、ぼんやりしていく。


村には、二軒の鍛冶屋があった。

『金床』は、先代の雁造が古くから、今では留吉が継いでいる。

「火あぶり仕事が長かもんやけん。眼がいかんごとなったばい」

〈腕は俺の方が……〉と、言い訳をしている。

村内の、鍋・釜あるいは釣瓶、それに農具を除いたほとんどを、この雁造が手掛けた。

　また、鉈それに鎌や包丁などの刃物なども、同様である。納めた品には、㋕と刻印があり、柄には注文主の焼き印を、必ず入れた。造作した者の自信と、使う者からの信頼が、交叉していた。

　近ごろでは、『フイゴ坊主』と、からかわれてきた息子の留吉に、任せることが多くなっている。

〈自分の技は、倅に遺した〉と、いうことだろう。

　誰しもが、納得していた。

「父っとうは、刀もやる。鍋でも造る。でも、近頃は刃物だけでは、何ともできんたい」

　時代を受け止める才覚も備わってきている。

「この滑車、誰もケガせんで、よかったなぁ」

　物をじっくり観察して、壊れたわけを話してくれる。

「檜《ひのき》は、木目がいくら密でも、乾いたらやっぱり割れやすい」

「今度は、本樫で造った」

　今までとは、重みが違っていた。

「良かもん、こさえてくれたなぁ、お前ぇも大したモンじゃ」

「これなら、安心して使えるたい。軸に油ば差しておけ」

　物言いが、相応しくなっている。

　近頃では、大八車に鉄の輪を嵌《は》めて回転を速める造作や、車軸の縁《ふち》に青鋼《はがね》を使う技も編み出している。

この青鋼《はがね》は、福間浦の浜山で採れた砂鉄からつくる。多くの藩で、『たたら製鉄』に用いられ、福岡藩も採掘を推奨していた。

鞴《ふいご》祭りや、毎朝欠かさない神棚への惨拝は、命に係わる道具を造る者たちの、真剣な祈りであった。

「父っとうは、仕上げの注文付け（点検）だけで、もうよか」

留吉の独り言が聞こえてきた。

四　明治、始まる

1

啓蟄《けいちつ》までには、間があった。

街道筋の白梅は固く、東風《こち》を待ち望んでいる。

明けの一番仕事は、青柳の宿への荷送りだった。女将さん自らが店に出て、賄をしている。

「シカは、しばらくよこうとらんけん、郷に帰らせたたい」

「何か食べんね」

床にある七輪に乗った大鍋には、大根やら里芋に豆腐なども煮込まれていた。そのうちの二《ふた》品《しな》を差し出してきた。

「これは、うちの気持ちたい。銭は、よかと。もうちょっと、やろうか」

「あんたが時に顔を出してくれるけん、あん娘は元気がでるとばい。女御の気持ちやけん、あたしゃあ、よう分る」

「この店もシカのお陰たい。表のことは都合よう回っとる」

「あげな働きモンは、おらんたい。呑み込みも早か」

洟垂《はなた》れのころから、連れて回ったシカのことである。

今ごろは、小吉とシヲとが娘と身《み》を寄せあって、遅い正月を過ごしているはずだ。そう想えば嬉しい。

まだまだ話したいことが、あるようにみえた。帰り荷はまだ着いておらず、暮れ六つまでの戻りになっている。女将の語りが心地よく、大鍋の中へ視線を送った。

午の刻になろうとしていた。

大小を差した男たちが、表から中をうかがっている。身なりが整ったふたりの若武者が先立ちを務め、女将の会釈を受け止めた。

他に客は居らず、たちまちに騒騒しくなった。

火鉢の傍で丸まっていた黒猫のマルは、真っすぐな尾を立て、振り返りながら出て行った。〈商いの邪魔〉と思ったのかもしれない。

表で笠紐を解き、手ぬぐいで袴などを払っている。長差し物を右手に、十人ほどがばらばらと暖簾をくぐってきた。各人の荷物をとりまとめ、上がり框に置き、それを一番若い侍が揃えている。

身軽になった男たちは、番子を寄せて、長火鉢の周りに鳩《あつま》ってくる。店内の様子を嘗《な》め回しては、手先を忙《せわ》しなく翳《かざ》している。

客が少ないとの見当から、奥の火鉢には、蓋《ふた》がしてあった。

「半刻ぐらいで発つ。何か食すものを……」

藪入りで、麦飯か焼きもち、それに鍋の煮〆《にしめ》だけだと、女将が直《じか》に説明している。それを聴くと、バラバラと、数枚の一分銀を手元の小さな盆に取り出した。

「これだけだ。よろしいか……」

似合わない言い方であった。女将はこれを黙って受け取り、丁寧に腰を屈めている。黙した合意があったのだろう。もう一人の従者が、勝手に湯茶の用意を始めた。

「今日に限って、賄方が少なくて、すみませんねぇ。茶が無かったら、言ってくださいね。すみませんねぇ」

先に、理由と詫びを、さり気に伝える。皿や箸を用意して、女将が戻ってきた。

「酒はないのか？」

背の高い男が、立ち上がって聞いている。

「ありますが、出してもよろしいんですかぁ〜」

銭を出した男へ、女将が振り返った。

「小林どの、それは今晩のお約束です」

女将に対しては、何も応えなかった。

「小林、いま呑んだら、この先が重たくなるぞ」

別の男が追いかけて、窘《いさ》めている。

身分の違いは、周りには分からない。見た目は若いが、月代《さかやき》が整った男が、押さえている。

それで静かになった。

火鉢の熾り加減を看て、厩の方へ向かって動いたときだった。

「おいっ、そこの」

酒を求めた声が、背中の方から飛んできた。

「……」

黙って、自分を指さしていた。

「お前のほかに、誰がおる。お前に決まっとる」

「ここから赤間の宿まで参るがのぉ、どのくらいで行けるかのぉ」

「へい。おおよそ三里半と少しでしょうか。お武家さんなら、二刻《ふたつ》ばかりで着くでっしょう」

丁寧な言い方が、自然と出てきた。

「そっから、小倉まではどうじゃ」

「それは、そこで訊《き》いてもらわねえと……」

「そうか。それなら小倉から先のことも、判らんよなぁ」

月代が見えないほど頭部が伸びた、浪人風の男が口をはさんだ。

「おい、それを知ってどうする。まぁ〜だ、これからたい」

その隣の男が、制している。

「そのことは、発つときに打ち合わせたはずではないか」

「俺たちは、殿の命で大坂まで行くことになっとる。小倉からは、船が用意されとる」

やはり、先ほどの若い武者が上司と思われた。まとまりのない集団を率いて、大坂まで行くところだろう。

「大政奉還というのは、いかがなもんかのう」

「それを実際に見て、注進するように、久野さまは言われる」

「俺たちが不要になる。そんな噂もあるらしかなぁ」

迷惑そうに、少し外れたところから窺っている武士もいた。

「それは、なにかの聞き違いじゃろう。そうなったら、誰が治めるのよ。順番からいったら、百姓かぁ？」

「コメを作るようには、いかんよなぁ」

「そりゃそうだ……。わぁっふぁっふぁっ……」

七日ほど前に、「徳川さまたちと、天子さまや薩摩の衆とが戦《いくさ》をするらしい」との話を、郡屋《ぐにや》で聞いたばかりだった。これに関わりがあるお侍たちとは想ったが、深く考えることではない。

帰り荷が着いて、サコに積み替える。早目の戻りとなったので、女将にお礼を伝えに行くと、中から大きな声が聴こえてきた。

「おいっ、女将《おんな》。火が消えかかっとるぞ。炭はどうした？　だいたい、火鉢が一台《ひとつ》なのがおかしい」

「俺たちは、客じゃないのか。こんな寒い日にこれだけでは、足らんやろ。気が利かん店よのう」

「まあまあまあ、奥野様の思いは……、われわれは先を急ぐ身。これ以上は詮無《せんな》きことかと……」

「こちらも、われわれが来るとは存ぜぬ由、仕方なきことではないか」

「ひところと違って、品がないお侍さんも、おらっしゃるねぇ」

一瞬の静けさが、生まれた。

「おい、いま何と申した」

「私《うち》ですか？　何か、言いましたかねぇ」

相手がいきり立つと判って、言っている。

「女とはいえ、いまのは聞き捨てならんぞ。もう一度申してみよ」

「ええいっ、そこに、なおれぇ～！」

眼を走らせ、差し物を探している。

その時だった。

女将の方から金を払った男に寄っていき、何やら耳打ちしている。

しばらくの間に反応があった。

それは、小林と呼ばれていた武士にも、伝わったようだった。

「なにぃ……、そうか」

「おい奥野、こんな所で長居は無用ぞ」

何に合点したのか、大きな声でその場を制している。

「時間じゃや。まだ先がある。皆、発ちましょうぞ」

急《せ》き立てるように相槌《あいづち》を求め、慌ただしくなってきた。中には、笠紐を結ぶ間もなく、髷で暖簾《のれん》を揺らす者もいた。

「お侍さんも堕ちたねぇ。もう少し静かで、重さが……。これでいいのかねぇ、あ〜ぁ、いやだねぇ」

静かになった。何を伝えたのか、訊いてみた。

「下りの客がさっき喋っていた話を、教えてやっただけたい。赤間宿の酒蔵で、今日から蔵開きをやっている。明るいうちに着けば、ただで新酒が飲めるらしか、とね……」

「言ったとおりじゃないか。情けない、あぁ〜あ、情けない」

「日銭を稼ぐために、頭を下げたことがない人は、えらい人でも腐っていくようだねぇ」

「我慢が、身に付かんたい」

可愛がってくれる女から、その気性までシカは受け継いでいるように想える。

たしかに、何かが変わりつつあった。

2

水の緩みは、『春の準備』へと百姓たちを急き立てる。上段の田圃には早くも鋤《すき》が入り、籾《もみ》の選別も忙しくなる。

「今年こそは、今年こそは……」

誰しもが心を動かす時季が、また巡ってきた。どの村も、今年の収穫を祈って、天神様などへ参り、他所《よそ》の作付け情報を集めたりしていた。

そんなころに、触《ふれ》書が回ってきた。

『慶応四年（戊辰）四月廿五日、村山田村庄屋幸右衛門へ参集の事　その際は正装嗜むべし

大庄屋城戸五助

当触　庄屋　頭取　組頭中』

ある者は、「大庄屋の触れじゃけん、大きな話やろう」と噂し、ある者は、「浜の方も大方の村に、触れが回っとるらしか。何ごっちゃろか？」と興味が尽きることはない。

二十九ヵ所の村や浦から、百五十人程が集まった。中には入りきれず、庭先から奥の方に目線を送っていた。

城戸大庄屋の頭が見える。こちらに向かって何か話しているが、よく聴こえない。紹介された郡役所の一人が、框のところまで出てきて、高いところから張り上げた。

「本日のお達しは、藩令ではない。先に将軍慶喜公は天下のまつりごとを天朝様にお返しなされ……、この度、畏れ多くも天朝様より大詔《おおみことのり》が下され、上は各諸侯より下は民百姓に至るまで、天朝様に仕え朝廷に従うよう仰せられた……」

参集した者は、神妙にこれを聴いている。ついでに八並村庄屋の脇野弥三郎が現れた。

「この詔には、御宸翰《ごしんかん》と表記してある。天子様直直《じきじき》に皆へお言葉をお掛けになるなど、畏れ多いことだ。お許しを得て、写しを賜っておる故、後で分かり易く表してお知らせしたい。せっ

かくのお越しでもある。今日のところは、その要点を拝読させていただく。心して賜るように」

【①朕は若くして、この国を統《す》べることになった。②古くより、朝廷は控えて、武家による政事が行われてきたし、民との心の離反は、雲と地のほどあろう。③今度の御一新にあたり、天下の民すべてが納得できない政事となれば朕の罪であり、祖先の功績を生かし、自ら骨身を労して先頭に立ちたい。④百官諸公と力をあわせ、古くからの偉業を継承し、わが身だけならず、あらゆることに尽力し、全ての民を安堵させたい。そして、万里の国難を克服し国威を四方に宣布して、天下を富士の山のように安置させたい】


お役人への、心遣いもあったのだろう。

弥三郎は最後を手短に締めて、御宸翰を箱に納めた。それを頭上にて一度崇め、恭《うやうや》しくお役人に手渡している。

なじまない『御一新の布告』は、こうしてこの村の民にまで降りてきた。しかし、記された意味を解る者は、近在にはいなかった。ここまで足を運び聴いた者であっても、弥三郎の威厳の重さのほかは、殆《ほとん》どが伝わらなかったであろう。

「直ぐには変わらん。ばってん、大きく変わるごとある」

元旦に、弥三郎が吐いた言葉だった。

『時代の流れ』を聴き止めても、自分たちの生活への関わりは、全く掴《つか》めない。お上が進める施策に、抗《あらが》うつもりはさらさらない。

せめて、自分たちが生きていく形が変わるのか、変わらないのか、この身に分かるようにしてほしい。

3

八並川に沿った畠では、麦刈りを急ぐ景色があった。

自分の村でも、麦や菜種の取り入れを済ませ、水入れの時期を計っている。限られた水源の、無駄のない公平な分配では、庄屋や組頭たちの力量が試される。『水の契り』は、『掟＝置き手』であって、厳しく守られる。目の前の景色に紛れ、とりとめのない思いが頭の中に湧いてくる。それは、この地の匂いから生まれてくる。

刈り取ったばかりの麦株の周りに、急降下する雲雀《ひばり》がいた。根株に隠れていた、雛の餌を探し回っているのだろう。追われても、直ちに舞い戻ってくる。鳥たちの逞しさに憧れるも、日日の生き様は容易に変えられることではない。

《この御宸翰を聴いた頃には、新政府の施政方針として、『五箇条の御誓文』が既に公になっており、徳川の封建制（武家）政治に決別して、朝廷を中心にした『日本国』の樹立が、示されている。慶応四年四月十一日に、江戸城は新政府に明け渡され、同年九月八日に、元号は『明治』になった。

大政が奉還され、速やかに王政が始まったようにみえた。だが、鳥羽・伏見の戦いで始まる、徳川幕府系一掃の戊辰戦争は、翌年明治二年（己巳）五月に、官軍が函館・五稜郭を制するまで続いていた。ここまで来て、『明治維新』の舞台が、ようやく整ったといってよい》

《明治になり『御一新』が成されても、新政府による政事は、『中央だけ』であって、地方では今までの惰性が生きており、大庄屋―庄屋が自治的な行政に携わっていた。当時の福岡藩が出した『御改革御演達并心得箇条之写』が遺っており、当時の空気を伝えている。

【演　達】

御国政、今般の御一新につき富国強兵の御基本を相立て候思召し仕来りにかかわらず、婚姻その外吉凶、集合たりとも料理致しまく、花（華）美なる儀これ無き様仰せ出され候事に候（以下略）。

さらに、榜《たてふだ》に以下の『覚書』（簡略）を記して、村々に倹約などを触れた。

一、衣食住倹約、実行のこと。
一、善行・孝心、表彰のこと。
一、凶年に備え、村の規律を整えること。
一、村の役職者を減らすこと。
一、荒地を起こし、村道を改修のこと。
一、倒産する者出ないように、講じること。
一、貧民救済、牛馬の損失に助け合いのこと。
一、杉・檜の苗を植林のこと。

また、『目安箱』を設けて、①役人（含む庄屋）の不正・怠慢　②優れた百姓　③博打ちや働かない者は、報せるように告知した。文字が分からない民・百姓には、意味のない『お達し』だった。このように、新政府からの具体的な施政は、明らかにされないままに、さらに『倹約と監視』を強化することだけが、『富国強兵策』の実体であった》

明治二年（慶応四年の翌年）の凶作は、村に深刻な打撃を与えた。前の年もひどかったが、庄屋などの囲い米などの供出がまだ可能で、何とか生きながらえた。二年目になれば、蓄えはほとんど無かった。

「よう降るばい。本木の川は、八幡様のすぐ下まで水が上がっとる」

「本木川だけじゃなか。大内川も畦町の川も溢《あふ》れかえって、土手の縁《ふち》まで流れよる」

「鞍掛《くらかけ》辺りは、川の堤が危ないらしか」

日照りや旱魃《かんばつ》にも泣かされるが、長雨は一切の収穫を無にすることになる。特に、春先の雨は、麦や菜種の収穫を脅かし、とても根付けまでいかない。

それが二ヵ月続いた。

「サト、どうもならんばい。干し物のツワも土筆も、ワラビやフキも喰うてしもうた。もう何もなかろう。浜に行って、かじめやひじきば、兄さんに分けてもらおう」

「よか、うちが行ってくるたい。あっちも同じやろうから、あんまり期待ばせんどき」

「小魚やいりこ、なんなっと、あるやろ」

自分たちのためだけではない。組内や本木の村全体が疲弊して、お上からの救済はわずかで、望むことさえかなわない。

村民の飢えを凌《しの》ぐには、自分たちで食い物を工面するほか手立てはない。こんなときには、更なる災難が重なってくる。流行《はや》りの病である。はしかや疱瘡《ほうそう》などが、体力のない村民たちをさらに苦しめてくる。

子どもの食べ物を優先し、食料調達に郷に走ったサトは、三人目を産んだばかりで、自慢の丈夫さが細っている。

散散な明治二年が、終わろうとしていた。餅はない。

それでも、別のささやかな幸せがあった。

「ありがてぃこった。これも勝兄ちゃんのおかげたい」

借り物の羽織を着て、畏まっている辰三が、嫁チヨの傍らで泣いている。

「何もないが、食い物出しても苦情になる。これで堪《こら》えとけ」

辰三の親は、二人とも流行りの病で死んだ。幼い辰三が、田畠をそのまま継げるよう、勝次の親父・平次郎が郡屋や庄屋に頼んで回った。その経緯がいまでも利いて、「五人組」としてうちに組み込まれている。

その辰三だけが、長く独り身であった。

小吉の末娘・チヨの年季が明け、下西郷村の鹿部屋《ししぶや》から戻ってきた。そこで、姉のシカが言い出した。

「うちと違うて、チヨは優しい女御たい。器量もよか。おっ父さんたちも、先が見えとうけん、近くに置いときたいとよ」

「兄ちゃんの組に、おろうが……」

「この前、人足で付いてきた奴か？　ありゃ辰三たい」

「そうたい。兄ちゃんより男前たい。あん人は独りやろ」

「しぇからしかねぇ、お前も。直ぐ、いらんこと言うねぇ」

「あいつは、オレの言うことは何でも聞く。そばってん、嫁の話はしたことがなかなぁ。どげんやろうか」

「チヨの方は、よかとや？」

「それは、うちが請け負う」

自信ある言い方だった。

「お前は、どげんすっとや」

「兄ちゃんも、しぇからしかねぇ。好かぁ～んたい。うちはね、嫁には行かんと」

柄《がら》ではないと分かってはいたが、シカの思いをなんとか辰三に言い含めた。

ところが、ふたりはたちまちに投合してしまった。

それが、この日の祝言になっている。

料理とは名ばかしで、配る物も酒もなかったが、サトの義兄弥吉が、大きな真鯛を抱えてこっそり来てくれた。これを暗くなって捌き、いただいた。涙声を押さえて、貪《むさぼ》り食った。酒が一本を届けられた。熨斗《のし》には、『畦乃七』とあった。

長雨の後の炎天下で、遅い米を植えたが、重い穂になったのは、わずかだった。冬前に、間に合わせの麦を植えた。

田畠の中ではいつも一緒の、若夫婦だった。直ぐに、チヨの腹が膨らんだ。これまで以上に、辰三が逞しくなったと、評判になっている。

ここ数年の長引く旱魃や水害で、本木の村は壊滅的な打撃を受けた。これを克服するには、自らの力以外には頼れない。

期待する時節がやってきた。もともと病弱な庄屋を中心に、総出で田畠の改修や堤、道路の修繕に当った。もちろん隣の畦町や八並、内殿からも夫役の申し出があり、それらの差配の取り締まりには、率先して出かけていく。

《明治二年（己巳）、村では餓死寸前の者が、半数近くまでになり、庄屋・組頭たちの懸命な手当で、凌いできた。藩も形の上では、『御仁恵大造之御救米』などで支援している。救済に当った庄屋の水上文九郎や、平蔵、九平、勝次などの組頭に、米や酒・スルメなどの褒美が下された。その『御称誉写』が残っている。一方、農民たちが困窮しているときに、藩の上層部が企てた、贋の太政官札造りが発覚した。このような愚かで場当たり的な藩政の迷走を見ても、『民の生活』への心配りは、どこにも窺えない》

《黒田長溥《ながひろ》は、江戸期最後の筑前・福岡藩主である。薩摩の島津重豪《しげひで》と側室牧野千佐の子で、黒田斎清《なりきよ》の娘純姫と婚姻。婿嗣子となって、第十一代に納まった。二歳年長の島津斉彬《なりあきら》に倣って藩政に当り、『オランダ（西洋）かぶれ』と言われた。無用な出費が高じて、財政破たんの端緒をつくる。明治維新の渦中にあっても、尊皇か佐幕か定まらない。明治二年になり、伊勢・津藩主・藤堂高猷の子長知を養子に迎え、隠居している。その長知は、贋札事件の責任をとり明治三年（庚午）に罷免され、明治四年（辛未）の廃藩置県の際には、筑前・福岡には責任者が不在であった。武家の世が、終ろうとしていた。王政復古の底流は、民の中にもじんわりと浸透していった。懸命に生きる民・百姓たちが、御新政に期待の眼差しを向けたのも、無理からぬ心情であった》

薩長を軸とした官軍が勝利して、戊辰戦争は終わった。ここから明治天皇の『御一新』が始まったと、郡屋や畦町の問屋場では公然と語られていた。

「政事《まつり》も、戦《いくさ》も、いまの俺たちにゃ～どうでんよかたい」

「あれは、俺たちが作った米ばもろうて暮らす、えらそうなお武家さんの役割りたい」

〈組内の者が、何事もなく過ごしていくためには、大仰な物言いも許される〉こんな思いもあってよい。

安泰に過ごすためには、天変地異と縁遠くして、神の怒りを誘わない行動が不可欠であった。

『田圃に水を張り、田植えをしてからの暑い時期の手入れを怠らず、やっとの思いで収穫した米を、庄屋に差し出す』

この周期に馴染んだ百姓たちは、それに見合った生き方しかできない。

肝心なことは、お天道様のご機嫌であったし、明日にでも指示される田植えの準備であった。

さらに、八百万神《やおよろず》のご加護も、求め続けていかなくてはならない。逆らわない生き方だけが、本木の村を支えている。

五　恋女房

1

明治三年（庚午）一月二十一日の夜、福間浦を大火が襲った。

玄界沖からの突風が、情け容赦なく襲いかかったのだろう。集落の南側半分百二十戸を焼き尽した。

鳴りやまぬ半鐘の響きに、お寺の梵鐘も重なって、下西郷村から正蓮寺辺りまで、異様な騒ぎに包まれた。

大きな火柱と赤く染まった夕雲は、本木や畦町の村からも遠望できた。空がさらに暗くなれば、その下の猛威も、赤赤《あかあか》と鮮明になってくる。

ここらの家とは違い、軒を連ねた家並は、延焼が避けられない。火消しというより、打ち壊しが主な消火活動となる。

民が最も恐れ、避ける努力が、いつも求められるのが火災である。

上の子二人を母ムツに頼み、取りあえずの物をサコに積んで、夜が明ける前にサトと下ることにした。辰三も一緒についてきた。

海風に押されてきた焦げた臭いは、まとわり付くように地面を這《は》って、中途の鞍掛辺りまで及んでいた。それだけで、凄まじい惨状だったと判る。近づくにつれ、「身内や知り合いの安否」が思い起こされ、無口になっていく。

親しんだ村は変形し、真黒に更地のようになった焼け跡の向こうに、古くからの汲み井戸が見えた。立つ場所から、大方五十軒の家が、残らず消えていた。

サトは背中で泣き叫ぶ子をあやし何かを探すふりで、目の前の無残さを受け止め佇んでいる。まだ、いたる所が燻っていたし、焦げた臭いが鼻を突く。

産まれたばかりのヤヤコはむずかる。幸いにして残っていた家に入ると、三和土にいた弥吉が振り返った。サトは子を抱いて、やせた乳を含ませ、昂《たかぶ》った気持ちを少しずつ緩ませている。

サコを休め、大きな荷を抱え辰三が入ってきた。

無事だった弥吉は、多くを語らず、ほとんど動かない。

「おぉ、辰三も来たか。心配かけたなぁ。大事《おおごと》になったばい」

弥吉の声が潰れている。卯吉の姿は見えなかった。

「祝言のときは、大層世話になって、ありがとうござした」

「なんか加勢ができたらと、兄さんたちに付いてきました」

真黒に汚れた手を振って、「こげな風で、なんも……」と、力ない表情で辰三と目線を合わせた。身内の励ましを、素直に受け入れる気分は伝わって来なかった。

「今からが、やおいかん。おっ父ぉは、庄屋さんのとこたい」

「うちの方は無事ばってん、逃げ出したモンがこれだけ多ぉして、誰も賄いがでけんとたい」

「そんで、なんか食うもんば用意せならんと、さっきから話しよったたい」

まるで他人事《ひとごと》のような弥吉の繰り言を聴いて、サトは村から抱えてきた味噌と鏡餅を、辰三から受け取った。

「兄さん、鍋はどこにあるとね？　それとイリコは？」

大きな鍋二つに、みそ味の雑煮が用意された。

着の身着のままで生気を失った者たちが、焼け跡から集めてきた茶碗をきれいに洗って持ち寄った。自分より他を優先して、熱い雑煮を配って回った。辰三も忙しく動いている。

寒さ避けの焚火の周りには、年寄りや子供たちが、裸足で蹲《うずくま》っている。ほとんどが、サトの知り合いと思われた。

「サト、これはうまいぞ。出汁《だし》もよかが、みそ味がよかぁ」

「それと、温《ぬく》いとが体の奥まで、餅と落ちていきよる」

隣組だったおいさん（おっさん）が、子供のように喜んでいる。

素早いサトの動きに、反応を忘れようとしていた周りの空気が、やおら動き始めている。

去年は空前の不作で、「飢饉状態」と、藩からの救済米までもろうて、本木の村は何とか凌いできた。

その時に、卯吉が言ったわけでもない。弥吉が誘ったわけでもない。この福間浦の人たちが、自分たちの僅かな蓄えを持ち寄って支えてくれた。村内に詳しい事情を話して、飢える者たちを優先して、配給して回った。

「ひもじい腹に、イリコをかじった出汁が下りていくと、もう少し生きられると思うとたい」

サトたちに持たせてくれた組内の御鏡餅は、春までのつなぎの食い物なのだ。辰三の思い付きに、ためらう者は誰もいなかった。

「さぁ〜て、明日は何をこさえるか?」

ヤヤコに乳房を頬張らせたまま、ぼそりと言った。嫁の思いは、先へ先へと、向かっている。

「困ったときは、お互い様くさ」

卯吉の口癖は、いつの間にかサトにも伝播している。

サトは生まれて直ぐに、流行りの病で実親《おや》を亡くした。

弁差(浦庄屋)の口利きで、今西の字から卯吉に貰われてきた。

卯吉は何も隠すことなく育ててきた。「横顔が似ている」と誰かが言うと、「本当はオレの子たい」と、ためらわなかったらしい。

かえって、とても良い結びつきだったと、サトは言っていた。

育ててくれた浜の集落が、見る方もなく焼け尽くされている。

この浜の主な生業《いとなみ》は、『海の恵み』に拠るものだった。

今では、漁で培った技を持つ水主《かこ》（水夫）となる海運の仕事もあるが、地元の漁師や海女は、季節に応じた鯛、ブリ、イワシ、アジ、イカ、タコなどの近海の魚を追い、潜ってはサザエ、アワビや和布《わかめ》などを獲っていた。

これらの多くが、乾き物や海藻の加工品などになり、浜の生計を支え、お上に納める御菜銀になった。

卯吉が営む加工場においても、浜焼きやイリコ作りには、熾りが欠かせない。火の下《もと》を預かる者として、八幡様、恵比寿様それに竈《くど》の上に祀った荒神様《こうじん》に、夜明け前に欠かさずお詣りした。全力で最善をなし災難を打ち払う術《すべ》が尽きれば、八百萬の神へ縋《すが》る外なかった。

物心がついたころから、『火の始末』を徹底された。

「サト分かるか？　盗っ人はなぁ、家までは盗ってはいかんたい。火の神様がけらかいたら（怒ったら）、ぜぇ～んぶ持っていきよるたい」

冬場の浜焼き場で、卯吉の膝に乗り、聞かされてきたという。

卯吉たちがこさえた、干物や塩ものなどを売り歩く、てぼ振りの女子《おなごし》や女房達の家も、多くが焼けた。その近くでは、商売道具の物入れやチキリ（竿量り）が転がっている。

惨状とは関わりないが、兄・弥吉の『古い噺』を、思い出していた。

まだ、慶応になるずっとまえの、文久のことである。

弥吉が本木まで上ってきた。めずらしく浮かない顔で、仕事の話ではないことは直ぐに判った。

『サトの縁談話を、当時の浦庄屋・今林与吉が卯吉に持ってきた』と口上が始まった。

〈自分が見定めた、近くの男に嫁がせたい〉

とは建前で、卯吉の気持ちは定かではない。だが、庄屋の勧めでもあり、あきらめの気持ちであったのかもしれない。

サトに伝えた。

「とてもいい話じゃねえか。どうだ、サト。親方と親しい庄屋さまの紹介で、間違いねぇ男らしかばい」

戯《ざ》れ話に似せて、開いた扇で見栄を切る弥吉。卯吉の声と、そっくりになって、段段と調子が上がっていく。

「それを聴いたサトは、なんて言うたと思うや?」

「わかるもんか」

たった一人の観客は、答えられない。

「『うちの腹には、ヤヤコがおる』と、泣き出したらしい」

「えっ、ヤヤコか?」

「驚いた卯吉が、何度も何度も、問い詰めた」

めでたい話が、とんでもない話に化けた。修羅場《しゅらば》になった。

そこで、サトは何度も詫びたらしい。

しかも浦の弁差(庄屋)が勧める縁なら、断るのは至難のこと。若いサトにも、それは分かっている。

「こんヤヤコを産みてぇ。おっ父ぉ、何とかしてくれ」

卯吉は立ち上がって、娘を責めたらしい。

「ふてぇがってぇ、サト、相手は誰やぁ？」

「それは……」

「誰か言われんごたぁ〜奴か？」

「違うたい。ただ……」

「誰か言うてみぃ」

「……」

「言われんとなら、信用でけん。第一、こげな仕打ちもなかろうもん。ほんなごとなら、名前ば言え」

「誰かぁ？　俺が今から行って、し（終）まえかしてくる」

「サト、誰かぁ」

卯吉の血相に圧され、サトは悲鳴と一緒に、観念した。

「あん人たい。本木の馬子の……」

弥吉は、そこまでを自分が見てきたように弁じると、こっちに向かってひょいと指差した。

「なんなぁ、それは……」

「俺は、何も知らんばい」

思わず、言ってしまったが、そこで弥吉の語りは終わらない。

「なに〜ぃ、あの勝次の奴か。あの野郎、おぼえとけよ」

「恩を仇で返すちゃぁ、このこったい。覚えとけよ、あんちくしょう……」

酔った気分で弥吉が戻れば、卯吉が呻《うめ》きながら鉈を研いでいたらしい。

弥吉の身振りが、だんだん巧妙になっていく。

「俺がきっちり、始末《かた》をつけてくる。終まえかしてくる」

「弥吉、止めるな。今から本木まで、人を殺しに行く」

「他人の女子を傷物《きずもん》にして、のぼせやがって」

「だれも、止めるなよ」

卯吉は、鬼の様相で息巻き、サトは泣き続けていたらしい。

「人殺しは、庄屋さんも責任を取らされる。それでもよかとな」

必死になって、弥吉は卯吉を宥《なだ》めたらしい。

そこまで聴いて、「サトの全てを欲しい」と本気で思っていた。

「今の話は、何ちゅうか、おめぇが、俺の義兄《あに》さんになるちゅぅ話やな?」

「そこまで分かれば、お前に言うことは、もうなか」

「それで、よかか? よかなら、後は俺にまかせやい」

「義兄さんは気に入らんばってん、サトはよか。嫁にくれ」

「なんかぁ〜、それは」

そんなやりとりが懐かしい。

弥吉の方も、『そうなれば良い』と期待を膨らませ、ここまで上ってきたと言っていた。

『サトと勝次の想い』を確かめた弥吉は、そこから策を練った。

2

第二幕となった。

「今林様、大変お騒がせしました。おっ父ぉは庄屋様の顔ば潰して、申し訳ないちゅうて、あれから寝込んだままです」

「いまさら『傷もんのサト』を、何処にも嫁《や》れまっしぇん」

「ご迷惑ですが、『勝次の成敗』でお申立ていただき、ケジメばつけていただきますよう、お頼み申し上げます。サトも、しばらく謹慎させて商いなどに行かぬよう、閉じ込めておきます」「その結果、どのようなお裁きが下されましても、『仰せの通り』でございます」

このような弥吉の弁明を、浦庄屋の今林は何も言わず聴いていたという。その日のうちに、三代《みしろ》村の庄屋井浦金次郎へ、『断り状』を届けさせた。

こちらも策が固まらず、悩んだまま親しい脇野弥三郎を訪ねている。そこで「男」の評判や、人となりを尋ねることにした。

「穏便に、早くまとめ上げたい、一念やったたたい」

後になって、弥三郎から直に「男」は聞いた。

畦町の甫七から呼ばれたときには、『サトと卯吉の遣り取り』を聴かされ、改めて『心当たり』を確かめられた。

弥吉の指図もあって肯《うなづ》かなかったが、否定もしなかった。

〈サトを、「嘘つき女」にはしたくない〉

「立派な男と聞いた。言い訳もせんで、サトを嫁に欲しいと言うらしか。何処に頭ば下げたらよいのか教えてくれ、と言うげな」

「本木の村をこれからまとめていく男になるやろう」

これは、今林与吉が卯吉に報せた印象だったと言う。

「卯吉さん、ヤヤコのことはともかく、サトば、本木にやんない」

「それが、一番収まりのよか。あとは、俺に任せない」

こうして、生きのよい夫婦が生まれた。

「ペ・ペン、ペンペン、パ・パン、パンパン……」

弥吉のお得意芸だった。

「何も食べとらんなぁ、サトは」

卯吉が心配するほど、飢饉の厳しさを痩せた体が表していた。

「ここにいては元気にならん。早う戻れ」

後片づけや賄いを手伝っていたサトを迎えに下ったとき、二人の不安を聴いた。

「サトだけではない」

現実は、あえて口にしなかった。


「明治ちゃぁ、飢饉のことばい」

「なんが、御一新やろかい」

「お上は、わぁたちのことは、なんも考えとらんとたい」

畦町の問屋場で、明るい話をするものは一人もいない。

「なぁ〜んも、豊作じゃやのうてもよかとよ」

「年貢米が穫れて、食う分がちぃーと残れば、それでよか」

日雇いたちは、素朴に言い放った。

少しでも日銭を稼ごうと、出てはきたものの、火災の見舞いから戻ったサトのことが気がかりで、気分は落ち着かない。

馬子たちの放言にも、上の空であった。

元年（慶応四年・戊辰）から二年（己巳）にかけての凶作に、流行りの病が追い打ちをかけ、百姓たちを苦しめた。

「食えるモンば、なんでんかんでん食べるもんやけん、食い合わせ悪かったとやろう。心配なか。ちーと寝とけば、治るくさ」

窪んだサトの眼差しには、普段の勢いが見られなかった。

飼葉《かいば》を食《は》んでいるサコを、街道の脇につなぎ直そうとしているときだった。

「去年から、やおいかんやったなぁ」

「本木は、特にいかんかった。何人逝ったかなぁ」

「浜の与吉さんのところも大ごとやったなぁ～。落ち着いたやろか」

畦町の薄甫七が立っていた。

「宿場じゃ、凶作ちゅうて、食い物を出さんわけにはいかん」

「酒も出さなならん」

「仕入れ値が張ってくさ、散散《さんざん》たい」

「近頃は、博多から船がたまに出るらしか。それでそっちの方に人や荷が、少し流れよるらしか。客も、ちーと減ったらしか」

労いのようにも聴こえてきたが、畦町村の責任者の悩みも、深刻であった。

「辰三が、喜んどりました。お心遣い、申し訳なか」

「今年の根付けが済んだら、二人でご挨拶にいかせます」

「勝次、いまの御一新にたいして、いろんな意見が出よるたい」

「『ご仁政じゃなか』ちゅうて、えらそうに言うやつもおる」

「お天道様のご機嫌も大火事も、天子様のせいだと言うやつがおる。あれだけひどい目に遭えば、無理もなかろう」

「ところで、サトはくたびれちゃぁーおらんか」

「子供三人の面倒と、この飢饉たい。浜の方も心配やろ。大事にせな、罰があたるばい」

この一言で、荷役を務める気が、すーっと消えていった。

もう、甫七の話はどうでもよくなった。

〈勝手に、話しときんしゃい……〉

口にはしないが。

〈サトが……、サトが……、サトは……〉

途中からサコに跨った。

大きく口を開けた、動かぬサトの傍で、三人のわが子が懸命に泣いていた。

助けを求めて、ムツは走り回っている。組内の者以外は、流行《はやり》病を恐れて、誰も近づいてこない。

子らに、何かを言っておきたかったのか。

辰三とチヨが来て、子らをそぉ〜っと連れ出した。庄屋や浜への報せを、そゝで頼んでおいた。

綱を張り人払いを指図すると、行燈の明かりの中でムツと二人で、手を合わせた。

明治三年（庚午）三月二十三日夕。

爽やかな夕風が来た。浜の方からだった。

六　弥吉が走る

1

『四十九日』に合わせ、弥吉が来ている。卯吉は干物作りにも身が入らず、芯が抜けたようだと言う。

「今日も一人たい」

本来ならば、稼業だけでなく街並みの普請《ふしん》などで、休む間もない卯吉なのだ。浦庄屋の気遣いに甘えているらしい。

それでも、孫たちへの入用な物を、見繕って届けてくれる。子どもが好きな煉り飴もあった。

「サトの賄いが良かったと、焼け出された、てぼ振りが喜びよった」

「よか女御から先に逝くねぇと、言われたばい」

預かってきた弔い銭を差し出して慰めてくる。

〈兄さんは、どげんしよったね。ぼちぼち来る頃やろうと、想いよったぁ。おっ父ぉは、どげ

んね〉

「どげんも、こげんもあるもんか」

サトの声を思い出し、独り言になって、それが喉に詰まった。込み上げてくるらしい。

「浜の方は、家が建ちよるね」

でまかせな、問いかけだった。

「浜んモンも、ちーと元気になって、住む家の算段やらしよるばい」

「俺たちも、やっと漕ぎ船が出せるごとなった」

「ずーっと時化《しけ》たりして、売り物が獲れんやった」

励ましが含まれている。

「これからの稼ぎがないと、家も建たん。それで、頑丈な馬車をこさえて、山向こうまで直接売りに行くごとば、しよるたい」

「そうなったら、馬も人足もいる」

「勝手にはでけん。あした脇野様に会うて、うちの庄屋からのお願い状を渡すごと、するとたい」

急に、厳しい面《つら》になった。

「二三日《にさんち》、世話になるばい。お前も、ちーと息抜きせな」

差し出した竹の筒には、酒が入っていた。

弥吉が来れば勘が利くらしく、その日を見定め、誰彼となく集まってくる。

いま、竜吉がやって来た。少し遅れて、利七もどぶろくを持ってきた。

「酒やら、誰も頼んどらんばい」

「勝次は呑まんでもよかと。これは、弥吉さんと俺が呑むとよ」

気のない応対に、利七も負けない。

「おっ母ぁ、湯呑みか茶碗ば、よかね」

「お前、他人方《ひとがた》にきて、勝手な戯《ざ》れば言うなよ」

「頭の家が、他人方な？　こりゃ、あきれた」

百姓の愉しみは、些細な可笑しみの中にあった。

サトが逝って、がらんとなった部屋を少しでも埋めようと、つまらぬ言い訳で集まってくれる。

今晩の弥吉の戯れ話も、あること無いこと織り交ぜて、抑揚が利いて面白い。

荒波に立ち向う漁の厳しさや、博多の花街での享楽噺は、組内の者にとって聴くも驚きであり、異界の出来事に思えた。

周りも上手く呼応してくる。途中まで起きていたムツと子どもたちは、隣の布団にもぐってしまった。薪が不要になった囲炉裏端は、男たちの優しさに包まれていた。

「お前からもろうた延べ竿（一本竿）で、釣りに行ったら、この十二尺がとてもよか」

「軽いし、何回振っても、腰のしないりが無うならん」

弥吉の『座談』が一息ついた頃に、釣りの話になった。気分が落ち着いてきたのだろう。

「俺がこれば使うて、もう一本を、同じ浜の者に使わせたのよ」

「そしたら、俺以上に上手《うま》いのよ、こいつが」

「えろぅ気に入ってくさ、これば売ってくれと言うとたい」

「勝次、分かるか」

「これはひょっとしたら、商いになるかもしれんぜ」

「親父に言うたら、せいぜい作っても、百本くらい。それなら銭にはなっても、大きな儲けにはならんて、言いよったい」

「俺は、違うたい。この村の者が協力して、大勢でこさえたら、なんぼでも出来る。そしたら、近くの者だけじゃなくて、遠くの者も買いよるたい」

「試しに、俺が山口村辺りで売っちゃる。間違いなく売れるくさ」

「品はよか。間違いない。漁師の俺が保証する。今からのご時勢は、これくらいの知恵がないと、つまらんばい」

「兄さん、気持ちはありがたか。どんな時でも銭の力は助けになると、ここ二〜三年で、よ〜お分かった」

「それと、てぼ振りの決まりから、免札が取れんやろ」

「てぼ振りに売らせるとやなか。向うの者に卸して、そいつに売らせるとたい」

「それでん、俺が預かっている組内のことしか、いまは頭になか」

「サトもおらんし、やおいかんばってん、それが俺の決まりたい」

「ほかのことまで、頭がまわらんたい」

酒の勢いは、憂《う》さをどこか遠くへ運んでくれる。ろれつが不確かになった。弥吉たちがいた。

隣には子どもたちもいる。

幻の中へ落ちれば、そこにはサトもいた。

2

何年か前の、ある日のことだった。弥吉が布袋竹《ほていちく》の束を見つけた。

「これは何に使うとな?」

十本単位で括られ、囲炉裏部屋の鴨居に渡してあった。

「ああそれな。それはくさ、釣り竿たい。ちょっと待《ま》ってんしゃい」

納屋から、仕上がった竿を持ってきた。一本が十二尺、もう一本はそれよりは少しだけ長かった。

㊕と、手元に小さな焼き印が押してある。

磨き上げられた、くすんだ布袋竹の延べ竿である。軽くても確かな芯が自慢だった。

「勝次、これはお前が作るとや?」

「冬の夜なべ仕事たい」

「ハゼやメバル釣りに、これが丁度よかばい」

「よかなら、やるたい。二〜三本持っていけ」

「こげな竿は、どこにも無いばい」

「そうな。こっちはほとんどが、川の魚たい。サレ網で、がさっと獲る者が多いが、それでは面白うなか」

「魚は、竿があって、浮子《うき》のような目印があって、餌を付けて釣る。俺は、そう思うとる」

「竿は必ず要るとたい。だけん、自分で作る」

のりだす弥吉の後ろから、いつに間にか辰三が説明に加わっていた。

「これは、うちの勝次兄さんが拵《こさ》えたもんたい」

竿を振りながら、適度なしないなりを、一本一本辰三が確かめている。

「軽い、振りやすい言うて、この辺じゃみんな兄さんの竿で、魚ば釣りよる」

こんな硬くて素直な竹竿は、浜の方には見当たらないのだろう。他の者が竿を作っても、しばらく使えば、曲がったままで弾力がなくなってしまう。

「てぇ～ほんなごつ、お前が作るとや」

弥吉の驚きは、全身から感じられた。

「しょっちゅう、作るわけじゃなか」

「ただ、一年以上寝かせる、時間がいるたい」

弥吉の眼が、輝いている。

「取り入れが済んで、この長さの布袋竹を百本ほど採ってくるやろ。それば、交互に束ねて囲炉裏部屋の鴨居に吊るしとくったい」

「一年以上経ったら、しゃきーんとなっとるし、黒ずんできて油も抜ける。よか色になるたい。

虫も付かんごとなる」

　職人気分の講釈が、滑らかに始まった。

「小枝の元やらきれいに取って、砥《と》の粉《こ》で何回も拭きあげる。めとは尻から長い『錐先《きっさき》』で真ん中ぐらいまでほがす。節抜きをして、さらに『耳かき』ば使うて、内側の柔らかなところを削ぐとよ。そしたら、手前が軽うなって、全体の重さがちょうどヨカごと行き渡る。それが出来れば、最後は竿尻に樫で栓をする。長い『錐先』や『耳かき』は、金床の留吉が造ってくれた」

「こげな話になると、兄さんはよう喋るなぁ……」

　辰三の言葉に、弥吉も頷いた。

「ほぉ～ぉ」

　弥吉はひとつひとつの説明を、目を光らせ聴き入っている。

「お前に、なんで嫁の縁がなかやろかと、思いよった」

　サトの件では、安堵したように、ムツは喜んでくれた。

〈果たして、どんな嫁が来てくれるのか〉

　母親にとって、最大の関心事に違いなかった。

「体が弱く百姓には耐えられない」と、長兄を博多の漬物屋に奉公に出し、年長の姉シゲは、多々良村に嫁がせた。

　父の平次郎は、十年以上前に畠で倒れ、五十歳で逝った。

かよか」

「中気《ちゅうき》やら憑《つ》いたら、看られんやった。それだけでよか。早かれ、いつかは来るとやけん、よ

サトが来るまでは、母子《ふたり》だけの所帯だった。

「庄屋さんに走ってもろうて、上手く収まった。お前のことはオレがよう知っとる。惚れた相手も、じょうもんたい」

息の合ったその嫁が、飢饉から続く災いの犠牲で、突然にいなくなった。

健気に振舞ってきた母も、今度ばかりは堪えていた。サトが遺した才太郎、次助そして勝三を追い、涙目になることもあった。

「坊主は、ほっとけば育ったい」

「自分で分からんと、何も身につかんたい」

持ち前の鷹揚さが、見られなくなっている。

3

初夏というのか、若葉をくすぐる弱い風があった。

本木川と畦町川とが合わさる河原で、菜殻火《ながらび》を焚いた。

鎮火したあとの大量の灰は、囲炉裏や火鉢にも使えるし、畠の肥しにもなる。菜種油の搾り粕は、家畜の糞などと相性がとても良く、堆肥には欠かせない。

高く積み上げた枯れた菜種の白い骨（枝）に、火が放たれた。油分が多くて、直ぐに『バチ、バチ、バチ』と音を上げる。

燃え盛る炎が、上空で白煙になり、これを集まった者たちが遠巻きに見上げている。ムツが連れてきた才太郎と次助も、火と大人の周りで、はしゃいでいる。大人が興奮する以上に、子らは走り回って叫んでいた。

「あれは、おっかぁだ。次助わかるか、おっかぁだぁ～」

「あっ、あんちゃん、おっかぁだぁ～」

「あの白いとこは、おっかぁのケツばい」

見上げる煙が立ち上り、子らは繰り返していた。

「お前ら、そこから離れろぉ～。ばっちゃぁから離れるなぁ～」

「あぶねぇぞぉ～」

炎の音に消されて、声が届かない。

その時だった。大きな炎が弾けて、降ってきた枝火が、次助の綿入れに落ちてきた。ムツも昇り火を見つめている。

火柱の反対側にいたが、これに気付いた。

「ばっちゃぁ～、火だぁ～。次助だぁ～」

懸命に駆けた。先に、辰三が追いついた。咄嗟の動きであった。火がついた次助を抱え、川の中に飛び込んだ。

「ザッ、ザッ、ザッ、ザブ〜ン」

ムツも気づいて、叫び声を出して追いかけた。勢い余って止められず、転がってその近くに落ちていく。

「ドォ、ボォ〜ン」

ずぶ濡れになった辰三とムツを見るや、火の周りの者たちは、驚いたり笑ったりしている。

〈何で騒いでいるのか？〉

気づかぬ者も、大勢いた。

木綿の背が焦げた次助は、ケロリとして辰三に抱かれていた。


サトが逝き、半年が過ぎた。

「おぉ〜い勝次、勝次はおるかぁ〜？」

小さな百姓家、どこにいても気づく大声である。バタバタと羽を広げ、庭先の雌鶏《めんどり》が頭を振って逃げ出した。

潮風に鍛えられた野太い声は、断りもせずに近づいてくる。

サトの兄さんと思えば我慢もするが、『相手の都合はお構いなし』の気性は、ここらの百姓には見られない。

時季・風・空気の重さ・旬それに潮時などで、魚の追い方は変わる。昼よりも、夜中の方が獲れたりもする。この安定しない海と向き合って、大漁へつなげると、オトコの評価となる。

その中で生きていくのが、弥吉のような漁方《りょうかた》である。

今日の技が、明日また使えるとは限らない。これを周りも普通に受け入れた。

さらには、『板子一枚海の上、下は地獄か竜宮か』と唄われるほど、命がけで魚を追い、それが心意気に繋がっている。

「あいつらは、『宵越《よいご》しの銭は持たん』ちゅうて、なぁ〜んか威張っとるらしかばい」

近在の評判は聴こえてくるが、少しだけの羨望も混ざっている。

「弥吉よい、今日は憩《よこ》いか？」

「沖の方から時化始めたらぁ〜、潮もどうかして笑い出すぅ〜、はぁ〜チョイナ、チョイナ。四五日《しごんち》よこおてよぉ〜、ケツさするぅ〜チョイナ、チョイナ、てな調子よ」

誰も聴いていない戯れ話が始まった。

この日、浜で交わされたであろう掛け合いを、早速に自作自演でやっている。ムツの顔が、少しだけ明るくなった。

突然に現れた弥吉の慇懃《いんぎん》さに、勝次は『浜の勢い』を感じていた。

「昨日獲れて、〆たばっかしたい。腹に塩を利かせとる」

「まだ、生でも喰えるたい。みんなに食わせちゃりやい」

筵から尾がはみ出している大ブリを框の上に置いて、弥吉が威勢良く張り上げる。

それだけで、魚の鮮度が伝わってくる。

「近くの車力が久末《ひさすえ》まで行くちゅうけん、途中まで大八に乗せてもろうた。ちょうど良かった。

そこからは、担いで来たたい。湊垂れたちが寄ってきたけん小銭《ぜに》ばやったら、半分持つやらして、近くまでついて来た」

今ごろは、おっ母に渡しているだろうかと、嬉しくなった。

「脇野の親方も慎重なお方で、俺たちが馬車を新しゅう作って荷を運ぶちゅうたら、帰り荷に年貢やら野菜やら積んでくるけん、宗像《こっち》の都合だけじゃいかんて、言われるったい」

「どげんすらよかとですか？　と聞いたら、まずは畦町の問屋場が困らんごとしたい、と言わっしゃる」

「何を言われとるか、ようわからん」

「畦町で働いとる、馬子や人足が困らんごとしたい、とも言わっしゃるげな」

弥三郎の本音であろう。

「福丸や山口の村には、赤間郡代から話ば通すと……」

福間浦の意向には応えたたい。他所《よそ》の事をさり気に織り交ぜて、畦町宿の気持ちを伝えている。

「要は、荷だけが素通りして、地元にご利益《りやく》が無か、ちゅうことやろか」

「馬や馬子それに人足は、うちの者ば使えばよかろうもん」

地元《ここ》の人間の思いは、他所の者には判らないだろう。

「そこたい。こん前の火事で仕事ば無《の》うなした者が、いっぱい（大勢）おるとたい。そいつらを、漁方や商いで全部養うわけにはいかんとたい。船も無かし」

「百姓のごと、田畠があるわけでもなか」

弥吉の真剣な話しぶりは、そのまま伝わってくる。しかし、自分たちの都合を押し付けており、合点がいかない。

「あのなぁ、馬一疋《ぴき》飼うとは、やおなかとぞ。それは分かっとうや」

「自分たちで動かすとしても、馬がなんぼ要ると思うや。生き物やけんな。餌もやが、その世話まで考えてんしゃい」

「それだけでも、大ごとばい」

弥吉は、珍しく黙り込んでいる。相当張り切って上《のぼ》ってきたが、弱みを指摘され考え込んでしまった。

「むずかしかばってん、どっちも困らんごとせないかんたい」

「これは、俺の思いつきたい。庄屋さんたちがどう言わるるか、わからん。間に合わせたい。それでよかなら、兄さんから上に通したらよか」

「そして、浦の方から仁義を尽くして、弥三郎さんにしっかり頭ば下げる話やろうな」

障子紙があった。墨を持ってきて、弥吉と向き合った。

考えつつ、筆を運んでいく。

＊

『図り事之候』（文案別途）
一　仔細は畦町・八並・本木・内殿と福間浦、詮議の上、定めること。
二　福間浦は、馬車二台および馬二疋を、畦町宿に寄贈のこと。

三　福間浦の者を、十人に限り畦町宿に在住させること。これは、期限を区切り、入れ替えを行うこと。寄宿および賄いは、畦町一存のこと。
四　三の者は、畦町宿の問屋場の指示に従うこと。
五　三の者は、街道添いの請負はしないこと。人足・馬子の賃銭は、問屋場一存のこと。
六　三年間の期限を切り、その後の扱いは、改めて定めること。

＊

弥吉は、いちいち頷きながら見入っている。

「兄さんの言うことは分かるが、無理がある。問屋場の決まりは、昔から続いとる。それは、いっぺんには変えられん」

「運ぶ仕事と、馬や馬車それに人ば、出してもらう。その差配は、ここの問屋場がする」

「普通に手間賃を払うてもろうて、働けば賃銭ば出す」

「こげんなるなら、これでよか。これから、どげぇすりゃよかとや?」

単純な男だが、事の次第を見分ける直感力は抜けていた。

「いいか、兄さん。おれは、たかが本木の若造組頭たい」

「ところが、俺たちはお互いの悩みが判る」

「俺たちの飢饉では、福間浦の人たちの支えが身に染みた」

「この前の火事では、本木やここらのモンが心配してくれた」

肩を落とし背中が震えている。

「お互い様たい。兄さんわかるか？　いつまでも今のままでは困ろう」

「その内に仕事も、もとに戻る。それまでのことやろう」

込み上げるものが止まらない。いつもは豪快な男が、声を震わせている。

「兄さん、これは俺が言うたっちゃ、ぜったい言うなよ。お前が考えて、今林庄屋にお願いしたごとせな、いかんばい」

「責任が取れる人たちが、話し合いをして、周りが納得する演技も、必要な時があるとよ」

「もし、これが村内《ここ》の詮議で回ってきたら、わぁが本木や畦町を説いて回るたい」

「この筋書きは、兄さんがサトの時に教えてくれた術たい」

七　村の契《ちぎ》り

1

明治四年（辛未）になっていた。

「庄屋さんの具合が悪か、らしか」

「てぇ〜、またかい」

「なんじゃろかい。違う、違う。違うたい」

「一昨年《おととし》までの飢饉で相当の援助があっとろうが。村のことば（を）、きちんと立て直せと、言われてござる」

「そげなこと言うたっちゃ、庄屋さんの責任《せい》じゃなかばい」

「上の人たちは、誰かを悪うせんと、収まりがつかんらしか」

本木の村に、『平穏』が戻っても、飢饉で失くした多くの命は戻って来ない。『後始末』の話は、長く尾を引いていた。

ている。

『村のことは、村の者みんなで始末する』縛りがある以上、ほとんどの所帯が、関心を持っている。

ご維新が始まったが、『倹約に倹約』を重ね、『五公五民』の年貢を納める仕組みは残っている。不作であれば、まずは『五公』を確保して、五民を削る。凶作であっても、容赦はほとんどない。

平蔵と九平ら、他の本木の組頭と一緒に、郡屋に呼び出された。

一枚の御達状写が渡された。

《畦町村庄屋　薄甫七　詮議之上本木村庄屋役申付候、組頭中申合入念可勤候事

辛未四月

本木村　庄屋　組頭中》

と、書いてある。

要するに、『相痛んだ凶作による村の立て直しに、畦町村の薄甫七を兼務させる。組頭百姓中申し合わせ……速《すみ》やかに村立ち直り候様、一致に申合す可候事』という補足文もあって、『事情』は直ちに呑み込めた。

百姓たちの心配をしているのか、単なる責任逃れなのか、それは分からなかった。

村へ引き上げる前に、甫七のところにあいさつに寄った。

「お触れば、いただきました。よろしくお頼み申します」

「今から戻り、組頭を寄せて、話ば通します。庄屋さんからの申し伝えがあれば、俺たちで間に合うことなら言っておきます」

進んで口上を切った。

「大切な話は、俺が行ったときでよか。ただ、文九郎さんもからげて頑張ってござった。ちぃーと具合が悪いちゅーて、こげんなったばってん、そこら辺は分かっとろうな」

「それは、俺たちが一番知っとります。分っとります」

平蔵が、大きなだみ声で返していた。

「これは、儂が行ってから話すばってん、百姓も苗字ば付ける決まりになるらしか。強制かどうか分からんけん、急がんでよか」

「用意しとった。持っていけ」

『松鶴』の一升とっくりが二本、それぞれ風呂敷に包まれていた。九平が畏まり、両手でしっかりと受け止めている。

昨年までとは打って変わり、『稲穂の重さ』が期待できた。盂蘭《うら》盆過ぎに、二度ほど強い風が吹いたが、穂先が咲き始める前で、大きな被害にはならない。

近在の庄屋・組頭中《うち》あての、お触れが回ってきた。差し出しは、大庄屋格・脇野弥三郎である。郡屋の座敷に、村山田、八並、本木、畦町、内殿、舎利蔵《しゃりくら》の庄屋と組頭が集められた。郡役人は立ち合っていない。

弥三郎は、まずはここまでの飢饉や凶作への労いを、そして今年の秋の幸運を静かに語り始めた。

「ここにおられる、俺たち庄屋中で話し合った。そこで『今後とも、新しい治政が定まるまでは、皆の前面に立って、村の安定に全力を尽くす』と、契りあった」

「俺たちの村を支えていくのは、お上もだが、庄屋を中心にお互いに助け合う、村のつながりや結束だと、改めて分かった」

「いまから、何が起こるかわからん。誰にもわからん」

詫びのような響きも、混ざりはじめた。居並ぶ、各村の庄屋も神妙に頷《うなず》いている。

「これからも神仏を崇《あが》め、俺たちと共に村の為に尽くして、家族の為に汗を流せば、それをお咎めする決まりはないと、儂は思う」

「そのうえで、いくつかのお達しを伝えたい」と、話を続けた。

閉じた扇子を二度叩たき、後ろにいた散仕から一枚の書状を受け取った。目で文を追って、読み上げている。
一　この七月には、『廃藩置県』という「お達し」が出された。俺たちの筑前の国は、福岡県となる。十二代・長知様が例の一件で罷免されておられて、新しい県令には、有栖川《ありすがわ》様というお公家が参られる。
二　あの三条実美様が太政大臣を務め、新政の最高責任者となられた。
三　一昨年来の飢饉や凶作は、いつでも襲ってくる。引き続き『質素倹約』に励んでほしい。不足を補いあって結束すれば、生きていける。それが俺たちの力だ。
四　名字の件は、寺にある過去帳や親戚関係などで、庄屋と意見を合わせて決めてくれ。急ぐ話ではなかろう。

五　今後の動きようについては、庄屋を通じ触が回ってくる。それ以外の噂や虚言《すらごと》は、慎重に対処し、惑わされないように。
六　福間浦が求めてきた、人足、馬子の扱いについては、お互いの御利益と心得て、以降も継続する。
まとめれば、こんなところだろうか。
《この『廃藩置県』があって、過去には戻れない新国家が確立されたと言ってよい。徳川幕府を倒し朝廷を支える、薩・長・土・肥の藩主は、明治三年（庚午）九月十日に『藩政改革要綱』を上奏した。「自ら率先して版籍を朝廷に奉還する。二六一諸国（諸藩）もこれに倣い、天朝様中心の国家を統制すべし」という提言であった。国の概念が、藩から日本へ変わる、『各藩合併』とも言える。ただし、課題は山積していた。一つは封建的な身分制度の存在であった。もう一つは、当時約一九〇万人いた、家禄を有する士族の扱いであった。これらの員数を、新しい社会の中でどのように活かすのか、案が無かった。しかも、ほとんどの藩（八〇%といわれた）は、債務超過の状態で家禄解消の原資を持っていない。この大本《おおもと》の課題を放置したまま、明治国家は走り始めた。各藩に、債務と藩札整理を命じたが叶わず、蓄財も借財も、そして士族の不満も中央で受け入れた。また、国の財源を生み出す百姓たち（二四四二万人、全人口の約七四%）の生活が、省みられることはなかった》
庄屋の話を聴いた者が、手拭《てのご》いを挙げている。

「去年までの借用証文の返りば、来年の年貢からにしてほしかて、みんなが言いよる」

「今年、やっと一息つかれる。証文分を急《せ》かさせると、やっぱ、きつか。払うとは追追《おいおい》で、どげんでっしょうか」

本木村の九平は、遠慮がない。

「二年も続いた飢饉で、家には何もなか。あるとは、庄屋さんたちに骨折ってもろうた、証文の写しだけですたい」

内殿の藤次が、身を乗り出している。

「そうたい。俺たちの村も、同じこと言いよるたい」

「今年も、ふすまのダゴばっかし食うて、今までなんとかしてきました」

「一息つきてぇ」

この男たちは、庄屋の蔵にある囲い米（農民からの諸給米）が、飢饉のときには助合米として供出され、残れば銀に変わることを、うすうす知っている。

借用証文で庄屋から銀を借りても、それがお上からだとは、信じてはいない。

藩の方でも、災害対策や幕府からの緊急普請の資金を、『御用銀』として、庄屋に差し出しを命じてきた。場合によっては『名字・脇差自由』などと引き換えに、返済請求権を放棄させられた。

「浜からきた者は、憩《よこ》う（休む）奴が多か。用があるちゅうて、直ぐに浜に帰る。その分、仕事が回らんたい」

畦町の本百姓忠吉は、声が大きい。農閑期には、一緒に問屋場で稼ぐ、若い組頭だ。

「思いっきり、うちのガキにほんもんの握り飯ば食わせてやりたか」

いつも聴いている、親心である。

ここにいる皆は同じ思いで、庄屋も分かっており、強く反論はしない。ただ、現実的には『お定め』が重く押し掛かっていて、眼差しを虚《うつ》ろにして、頷くほかないのだろう。

「せめて、お願いばしてもろうてくさ、殿さんの分は今から要らんとやろうから、それだけ少のうても……」

忠吉の意見は、止まらない。

「脇野様は、お前たちのことは、誰よりも分かってあるたい」

「俺たちが、お上に物申すとき、脇野様が言えば、お上もお聞きになる。それだけのお力たい」

「忠吉、殿さんのことやら、他では言うなよ。誰が聴いとるか、分からんとぞ」

甫七が、最後を締めて、その場を収めた。

挨拶をしておこうと、弥三郎や甫七を待っていた。

「お前の入れ知恵じゃなかとか、あれは」

「…………？」

甫七の話にはときに落とし穴があって、まともに受け止めると、厳しい指摘が返ってきたりする。黙って、聞き流す方がよい時がある。それで、会釈だけした。顔はとぼけていたかもしれない。

「様《さま》になったちゅうて、今林浦庄屋が安堵したて言われる」

「あっちの方でも、仕事ができるちゅうて、喜んどるらしか」

事情に通じている言い方で、脇野が口を挟んだ。

「男に仕事が無かったら、村は荒《す》さむたい」

「そうですなぁ。畦町の者が勤勉ちゅうて、浜の者がびっくりしよった。あれ達は、仕事が無かったら、朝から呑んどったらしか」

二人の遣り取りは、他の庄屋たちも、立ち止まって聞いている。

「今からの俺たちの生き方も、変わるかもしれん」

「とくにお役人というか刀を差すお侍が、今度の『廃藩置県』で、さっぱりになった。みんな不満ばっかしたい」

「これからは、身分だけじゃのうて、なんか働いて賃銭ばもらうご時世になるとやろうね」

そこに残っている数人の庄屋や組頭を、弥三郎は先ほどの部屋に案内した。

そこで、周りを見回して徐《おもむろ》に話しはじめた。

「さっき忠吉たちが言っていた証文の件たい。今年は、かえって難しかなぁ。郡代にも一応知らせたたい」

弥三郎が口にしたのは、借用証文の繰り越しの件である。

「お役人も、去年までのことは、さすがに良く分っておられる。それでも返す約束で銀を出し、それは次の年の年貢に上乗せされる、といわれる」

「少しでもと、お願いしたら、『来年が不作ならどうする』と、ニベもない」

「中には、『昨年の年貢を遡って、とまでは言いようらんとたい』と言う御仁までおられる。あきれるたい」

それが創作された噺《はなし》だと、多くの組頭たちは弁《わきま》えていた。しかし、あえて反論はしない。

厳しい藩の財政で、多額の御用銀を拠出しても、返ってくるのは、価値のない藩札や切手ばかりと聞いている。百姓に貸し出した銀が戻らなければ、庄屋自身が生きてはいけない状況なのだ。

倹約に務めて借用していない村人もおり、公平な扱いも求められた。偏《かたよ》った取り扱いをすれば、『お上の意向だ』と、いくら工面しても、無理が生じてくる。

銀銭に関して、一番頭を痛めていたのは、庄屋や大庄屋だったかもしれない。

改まった表情になった。

「これはなぁ、きのう儂が受け取った、太政官布告たい。四四八号て書いてある」

「実は、詳しい内容が判れば、今日にでも話そうかと思ったばってん、何のためか分らんもんやから、黙っとった」

差し出された、文言が少ない書面を、回して読んだ。

『穢多非人等ノ称被廢候條　自今身分職業共平民同様タルベキ事』

辛未（明治四年）八月二十八日　太政官布告と記されていた。

「言われる意味は分かるとやが、何のためか、さっぱり分らんですなぁ」

「今までは、武士ちゅうか、お侍がいて、百姓、それから商人や職人がおった。その下に穢多非人がおった」

「それは違うばい。上から下に繋がっとらんと。まったく別のモンたちたい。あれたちは」

「そう、もともと違うとたい」

「いまごろ、なしてかいな？」

驚きではない。考え及ばなかった『お上の布告』を知って、ポカンと反応している。

『四民平等』と、聞いてはいた。それも士族への達示と、思うとった。これは、それだけじゃないですな」

みんなを驚かせた弥三郎が、考える仕草を交えて説明する。

「ここには、仕事まで同様と、書いてある」

「俺には、天子様以外はみんな一緒と、聞こえるばい」

「これは、村の者に話してよかとですか」

率直に訊いてみた。

「ちょっと待て。明日、赤間の郡代まで呼ばれておる。そこで詳しい話ば聞いてくる。場合によっては、また集まってもろうて、説明が要るとかもしれん。年貢の扱いも絡んで、難しからしか」

《いわゆる『解放令』が布告された。平民とは、農漁民・職人・商人および雑役で稼いでいる渡世の人たちを差すのだろう。直ちに（自今）『身分・職業』の区別はせず、『同様（同じ平民）タルベキ』と、猶予なき布告であった。当時のいわゆる『穢多・非人』と称された人たちは、応分の社会的役割を担っていた。皮革業（死牛馬の処理や、皮革品の商いを独占的に許可された）警・刑吏役（罪人の捕獲や処分申しつけなど）農業（百姓が放棄したり、逃げ出した後の痩せた散田の耕作など）、あるいは下足業として草履の生産などが、主な仕事だった。いずれも、お上に年貢や銀などを納める『平民』たちには出来ない職業に就いていた。公役の免除などもあった。米を収穫すれば、応分の年貢は納めた。彼らだけに認められた『仕事』を通じて、懸命に生きてきた。百姓から牛馬を引き取る際には、家人の外出を控えさせ、馬屋などをきれいに浄めて、新しい藁を敷き詰め、注連縄や祈祷をしたのちに、終了を告げたという。『獣（家畜も含む）の処理』や『罪人お咎め』などの生死・善悪などの区切り（けじめ）の重要性を意識できない世間は、『掃除役＝お浄め役』を、「汚い」とか「穢れる」などと、意味もなく蔑むことで「安定」した。状況が判らず、安易に妄断に準じて、右往左往する平民たちも、『周りの痛み』などに配慮する余裕を、持ち合わせていない。そこに『偏見』が生まれた。今の時代に通じる構図が窺える。民族や人種による区分けが不明瞭な国は、意図的に身分制を作り出し、このように巧妙で陰湿な手法で、心情すらも統治の根幹に組み込んでいった。福岡藩・国学者の青柳種信は「〈穢多百姓ハ〉、重きを負いておもしとせず、運耕をなして労とせず、……其効速やかににして、荒田を良田となし、やせたる地をも熱田となす……」と記している。『賢人の証言』として、留めておきたい》

八　玄界灘

1

取り入れ前の、わずかな休息で、上の二人を連れて昨日から卯吉の所へ来ている。ムツにも一応は声を掛けたが、「動くのは、やおいかん（負担が大きい）」と言われ、勝三だけは置いてきた。弥吉も、諏訪神社の大祭で、漁を休んでいるという。

「なんも言わんぞ。それでん、よかったぁ、勝次」

「助かったばい。みんな喜んどる。庄屋さんから、この酒ば預かっとる。呑めぇ」

卯吉の明るい顔は、久しぶりだった。噂になるほどの騒動で、ことと縁づきになった。愚《ぐ》ぜりながら、なんとかついて来た子らは、頭を重ねて寝入っている。呑めない酒をお相伴《しょうばん》して、孫の頭を卯吉が撫でている。サトが遺した幸せが、ここにあった。

ノロ瀬に向かっている。

大峰山が海に落ちる渡半島の突端と、大島の左端を重ねて、津屋崎の沖を福間浦の浜山へ少し戻る。半鐘が下がる浜の火の見櫓《やぐら》と、見坂峠の窪みが重なる所まで来ると、そこがノロ瀬になる。

タイやメバル、スズキなどの、地着きの魚が豊富で、旬《とき》をみて立て網を入れて漁になる。また、季節によっては、イリコになる鰯やジンダ、それにアジなどの回遊魚が産卵に寄ってくる。岸辺に最も近い、恵みの沈み瀬であった。

西の沖合には、相之島がこの海を見守るようにゆったりと横たわっている。白い帆を膨らませた大きな船が、島影に、いま隠れようとしていた。

澄んだ空気が満ちて、遠くまで見渡せている。どこまでも続く白い砂丘を覆うように、玄海黒松の林が切れ目なく拡がっている。

樹の丈は、鋏で刈り込まれた様《さま》に揃っていて、岡からは感じられない國衛《くにもり》の壁が見事だった。何度か連れてきてもらった。だが、驚くほどの明媚な景色は、初めて見るものだった。

「こげな日和も、珍しかなぁ」

水を切る艪《ろ》脚が、舟を推《お》している。舟と艫《とも》をつなぐへ、そから、微かな軋《きし》む音だけが届き、弥吉の呟きがはっきりと聴こえている。

『凪《なぎ》であれば、食いが悪い』とは聞いていたが、この日和《ひより》に釣人の期待は逆らっていく。汐も適度に動いていたし、釣り場に向かう逸《はや》りの気持ちを押さえきれないでいた。

「弥吉兄い、ここらでよかろう」

「今日は小まか潮たい。碇《いかり》は要らんやろ。大きゅう（大きく）外れたら、これで元に戻どしゃあ、よか」

あやつる、長左《ちようすけ》の『山立て』は確かだった。

「勝次、あれば使うてみい。ノロ瀬は深いところもあるけんな」

船を出す前に弥吉に言われ、準備してきていた。駄目ならば手釣りをすればよい。

「どこでも、竿釣りがしてみたい」と、弥吉に言ったことがあった。川や河口での釣りであれば、穂先に直に結んで釣ればよい。しかし、これでは竿の長さ以上の深場には適わない。

そこで、竿先の方から導管を数か所とめて、その中にテグス（道糸）を通して、深い所まで仕掛けを送り出す誂《あつら》えを、弥吉が工夫した。

しかも、錘《なまり》は使わない。糸の重さと生きた餌の勢いを使って、魚のいる場所へ出来るだけ自然に潜らせていく。

細工して少しだけ重くなった二間半の延べ竿と、鉤《はり》とハリス、それに道糸のテグスだけである。

赤海老の尾を口で半分ちぎり、そこから海津鉤《かいずばり》を少しだけ差し込む。仕掛けを落とすと、生きた餌は自力で潜っていく。

竿を握り、左手でテグスを、少しずつ少しずつ操って、海面下に遊ばせる。それを可能にするのが、持参の竿を使った、優しいシャクリだった。

送り出す分のテグスを左の手で束ね、ゆっくりと竿を振ると、貯まった分が解けて、抵抗なく海面に落ちていった。そこからは、魚のいる深さまで勝手に下りていく寸法である。ここまでは、順調だった。すでに、『勝負』は始まっている。

テグスの張りと仕掛けの落ち方を、じっと見つめている。

直ぐに当たりが来るのか、あるいは底近くまで反応が無いのか、仕掛けの先の動きはまったく分からず、静かな高ぶりがあった。

「それだけで、くるのか？　変わった釣り方じゃやなぁ」

「それじゃぁ、おめぇ～」

長引く長左の語り癖が、弥吉には分かっている。軽く制して竿先を黙って指差した。

小さな当たりが、長左にも見えた。

「……きた」

穂先を水際までそーっと送ってやり、一気に合わせた。

「ギュン！」と糸鳴りがして、竿が大きく撓《しな》った。

「きた、きたばい」

「乗ったばい」

穂先は水面を何度も叩き、続いて先半分ほどが海中に刺さる。懸命に耐える。

右の手で竿尻を突き上げ、左手でテグスを引いている。鉤掛かりを確かめ、魚を浮かせにかかる。船の真下に潜っていく獲物は、何度も何度も、抵抗を試みている。

初めての操作だったが、思い描いた通りの展開だった。

竿を真上に立て、テグスを左手で巻いて、両手で竿尻を持つ。送り込んだり、締めこんだりを繰り返して、頭をふって抵抗する白く光った魚体を、瀬から浮かせることができた。

波静かな海面が、にわかに騒騒しくなった。

「いきなりやもんなぁ。凄いばい」

心配そうだが、得意気でもある。弥吉が頷いている。

「ほぉ〜」

このとき長左は、右手で艪を操り、腰を屈めて何かを探している。足元にあった玉網《たも》を左手で指して弥吉に教えた。魚と格闘するのを邪魔しないように狭い背後を抜けて、釣人の左にかまえている。

頭の方から、一度で掬《すく》った。

尾を反らして、舟板の上でビチビチと、獲物が跳ねている。

「…………いいぞぉ、これは」

尺には満たないが、眼のふちが水色に輝き、さらに星のような輝きも散る、見事な真ダイだった。

長左がまた、「ほぉ〜」と驚いた。

いつもは、竿など使わずに、十匁〜二十匁ぐらいの小さな錘《おもり》を使い分け、胴突《どうづ》き仕掛けの手釣りか、てんや鉤《ばり》の底シャクリで攻めた。深い釣場であれば、テグスにビス（小さな錘）を打ち、その重さで沈めていくこともある。

これで、いままでは十分釣れたし、手間もあまり掛からないと思っていたにちがいない。

『浮《ふ》かせて』、真ダイが釣れた。

「これば俺にも教えろ、勝次」

竿を使う以外は、試みの釣り方だった。それがいきなり的中した。

「これはなぁ、いかに餌を生きたままやなぁ、魚の鼻先に届けるか、ちゅう（という）仕掛けなんや」

「一つは、竿や。これがあるけん、自然と餌が泳ぐように下りていく。それに、錘なしで、魚の警戒心もおこらんごとある」

「チョン掛けの餌は、泳いで下りていく。下から魚が喰ったら、いっきに持っていくやろ」

確かめて、話している。

海釣りを想わなかったこの竿は、深さには対応できない。

適っても、せいぜい浅瀬で、メバルやハゼ、キスを狙う限りであった。

海では、餌に釣られて浮いて来る魚ばかりではない。警戒心が強いタイやチヌ（クロダイ）などは、瀬からなかなか離れない。アラカブなどの根魚なども、決して浮いてはこない。

「やってみぃ」

弥吉に艪を預けて、長左が試している。軽い餌を潜らせていくのと、竿のしゃくりが合わず、何度もやり直している。

「そうたい。勝手に潜っていくのを送り出すような、テグスだけを送り出す仕草たい。それでよか。胴突きのように、真下には下りて行かんとばい」

「そう、どっちか言うと、潮に合わせて斜めに下りていく。テグスば遊ばせて」

「潮が小まかけん、よかとかもしれん」

「うん？　えっ」

餌を替えた直後だった。下りていった仕掛けが馴染んだときに、いきなり当たりがあった。長左が竿をしゃくる。と、同時に穂先が海中に刺った。だが、直ぐに真上に跳ねた。左手のテグスを、しっかりと掴んでいなかった。

「まだよか。あわてんでよか。テグスば手に巻いて、竿ば立ててんしゃい。食い込みがよかけん、外れちゃおらんやろ」

「竿での引きが、よかねぇ、これは」

そのしなりから、長左が感じる魚の動きがふたりに伝わってくる。

先ほどではなかったが、ほぼ同型の真ダイだった。これを掬うと、弥吉は艪から両手を放し、我がことのように喜んだ。

長左は、直ぐにコツを呑み込んでしまった。

「この時期を過ぎたら、深みにいくとやけん、今が食いがたつ頃やもんな、タイは。それにしても、見事なもんたい」

弥吉の解説には、漁方の誇りが滲んでいた。

過去に一度だけ会っている長左は、今林浦庄屋の遠い親戚らしい。人を遠ざける厳しい顔つきで、いつも弥吉に従っている。

芦屋・船頭町の育ちで、若いころから渡し場の漕ぎ手をしていた。対岸の山鹿の若衆との喧嘩に巻き込まれ、右目を潰された。仕置に出直した長左は、相手の右耳を掴んで削いだ。

「俺らぁ片方やが、お前ぇは両方聴こえる。これまでや」と、凄んだらしい。

『取り巻きは、震えて逃げ出した』と、弥吉には伝わった。

いずれにしても、芦屋の宿には置いておけず、ここの浦庄屋が郡役所に頼んで、預かることになった。遠近が適わず、水夫《かこ》には就けない。今は浦の散仕を任せられ、てぼ振りの手配や、年貢米の積み出しなどで、食っている。

釣りを一緒にしただけで、すっかり懐《なつ》いてしまった。

それから三人は、お天道さまが大きくなって、島の上に傾くまで、何度も竿を振った。真ダイ以外の釣果も多くて、生《い》け簀《す》は一杯になっていた。

「赤海老もいいが、お前が持ってきたドジョウも『浮《ふ》かせ釣り』には、よか餌たい」

「食い込みが違うねえ。あれならなんぼでも捕まえられる。また、持ってくるたい」

艪に添えた手を押し引きして、浜辺が少しずつ鮮明になってくる。二人の話を聴いて、長左の半顔が納得したように少しだけ頷いている。

帰りを待つ坊主たちが、波打ち際と卯吉の間を、追いかけ合って、走り回っていた。

「おっとぉ～」

「おっとぉ～」

「おっとぉ～」

「釣れたかぁ〜、おっとぉ〜」

手を振って、大きな声を揃えてきた。沈み始めた大きな西方の光が、浜辺の子らを真っ赤に、染めている。

2

浜の湯浴《あ》み場（湯屋）は、共同である。子どもを連れて、弥吉と向かった。温《ぬく》めの潮湯がたっぷり沸いている。そこに浸《つ》かって釣りの高揚感を鎮め、最後に井戸水で濯《すす》ぎ流す。洗い粉を息子の背に振り、手拭いで擦《こす》る。

「おっとぉ、痛たぁ〜い」

次助が、泣いている。

「やかましい。これくらいで、どげんあるか」

左手でポカンと食らわせた。

この体験を済ませている才太郎は、伯父の弥吉を追って、こちらには寄り付かない。

「浜山の松林に、びっくりしたばい。岸からでは分からん。見事なもんたい」

「今までは、曇ったりしていて、はっきり見えんかった」

「ありゃー、凄いばい。他の者にも見せてやりたかなぁ」

湯船で、弥吉と並んでいる。

「あれがぁ、俺たちの自慢たい。黒田様のお陰たい。長政様から、代々の殿さんも、継いでこらっしゃった」

「蓑《みの》の浦と呼ばれたころは、ここらは、ぜぇ～んぶ砂山やったらしか」

「それが、松を植えてもろうて、二百年以上経って、あげんなっとる。凄いやろうが……」

「また、あれがあるけん、焚《た》き付け（燃料）が取れる。脂《やに》が染《し》んだ松は、よう燃える」

「あれで、潮の流れが安定したと、言う年寄りもおるたい」

「ここら辺りの浜風は、とにかく凄い。冬場は特に強い。ヒューヒュー、唸るとたい。そんな風を防いで、おれたちを衛ってくれる」

「それで、この松はみんなで大事にしようと、決めとる」

「新宮の突端から、先は芦屋まで、ずーっと続いとろうが」

「それぞれの村や浦が、みんなで守っとる」

「春になれば、松露《しょうろ》が採れる。粋な味たい。香りがよか。松葉の下には色んなナバ（茸）も出よる。サトは見つけるのが上手かった」

「また、風が運んでくるホンダワラなんかの藻は、畠の肥料にも使えるたい」

「今林浦庄屋さんな、屋敷前に立つ『緑松』と呼ばれる樹の落ち葉を丁寧に束ねて、お城に献上されとる。初釜の焚き付けに使われると聞いた。お礼ちゅうて、立派な盃が殿さんから来とるたい」

弥吉が繰り出す興味ある話を、もっと聞きたいと思ったが、四～五人の男が同時に入ってきたので、外に出て身体を拭いた。

　息子たちは、まだ走り回っている。

　湯屋は、何よりも防火を先んじて、集落とは少し離れた場所に建っていた。当番も、厳格に決められた。選ばれた者は、諏訪様や荒神様に参拝し、身を清めて火を焚いたと聞いている。大火の後だけに、寛ぎとは反する厳しさも感じる。

　隔日だが、ここが開く日には角打ち客も多くなり、近くの『かみ屋』は番子を増やした。氏神様の大祭での休漁もあり、手拭いで鉢巻した大勢の漁方が憩うていた。二本の松明《たいまつ》が、外周りを照らしている。

「勝次、来とったんか？これが、おめぇの子か？」

「弥吉の子は、ここにやらおらんもんな」

「どこにも、おらんぞ。栄蔵お前、なんば言よっとかぁ。くらすぞ」

　栄蔵は、この前の取り決めで、畦町宿で働いていた。焼けた醤油蔵の倅で、率先して出向いてきて、まとめ役をしている。弥吉よりも少し若い。日焼けした精悍な体つきが、半纏から漲《みなぎ》っている。

「サトは、どれくらい経つかなぁ。やおいかんやったなぁ」

「そうやった。勝次あのなぁ、これが若いころにサトのケツに惚れてくさ、追いかけまわしよった、ていいことモンハ（不良・やっかい者）たい」

「そげなこたぁ、なか。勝次いまのは嘘《すらごと》ばい」

心当たりがあるのか、語調が早くなっている。

「丁度良かった。たったいま、長左から聞いたとこたい。お前の仕掛けで釣ったら、魚の方から食らいついて来るらしかなぁ」

弥吉が制して、湿った手拭いを拡げ「パンパン」と、音を鳴らした。

「栄蔵よい、これはなぁ、あんまり詳しゅう教えられんとたい」

「まずは、竿が要る。それもコイツが作った、軽くて腰のある竿がよか。また作らせるけん、それば買《こ》うてくれ。そしたら、俺が教えちゃる」

「チョー（長左）に、見本ば一本やっとる」

うまく話が切り替わり、黙って聞いていた。

「チョーの奴は、どけぇ行った？」

「おめぇから、『あんまり触れるなよ』と言われとるらしか。そんで、おめぇの声がしたから、往《い》んでしもうたばい」

「あの野郎ぉ～ぉ～、ぺ、ペン、ペン」

三味線のような調子が入ったので、みんなが笑った。

弥吉が、子らにあめ湯を与えている。冷の枡酒を頼み、温もった体が、気持ちよく受け入れる。

静かな語りになった。

「あの松をなあ、一本一本、実生《みしょう》から植えてばい。ずぅ～っと育ててきたのは、博多の街から、移されてきた者たちたい」

「一代で、せいぜい三間の丈《たけ》や。それで幹がやっと一尺ばい」

「植えても、全部育つとは限らん。水がいるし、辛抱がいる」

言い方が可笑しい。

「代代と次いで、今になっとる。大きいのは幹回りが十尺にもなっとる。丈は見た通りたい」

「庄屋さんから聞いた話ばってん、こん話は本当らしか」

「川の南側の荒れ地を委《まか》せるちゅう話で、移されて定住した。あの川が荒れたら、流れが変わってしまう。だけん田の形まで変わると、聞いとる」

「山之口ちゅうか、山留は分かるか」

「要は、森や林は、誰かが護っていかないかん。当番を決めて、それをするとがおる」

「一年も世話して、一人で一俵らしか。うちの庄屋さんから出よる。こげな（こんな）嫌われ役は、誰もしたがらん」

「それ以外にも、夜回りやらしてくれたら、呑み銭ばくさ……」

「ここから、誰かが勝手に松葉や枯れ枝を拾うていったら、『示し』がつかんごとなる。しかも、荒れるたい。それは本木でも同《おん》なしやろうが」

「そうたいね。『示し』は大事やもんなぁ」

「薪を集めたり、馬や牛の飼い葉を刈ったりする山が荒れたら、おおごとになる」

こっちに指差して、合意を求めている。

「悪さを見つけたら、庄屋と奉行に知らせる。そしたら、また嫌われる。やおぉ～いかんばい」

「こげなことがあった。勝次、松はなぁ、立ち枯れちゅうて、立ったまま枯れることがある。それも一部の枝だけが枯れたりする。この枝は、良う燃えるたい」

「浦の若いもんがそげな樹に登って、この枯れ枝ばこそっと落とそうとした。そしたら、自分が乗った枝が枯れとって、一緒に落ちて根株で腰を打った。これを当番が見つけた」

「これを報告せんやったら、自分の仕事が無うなる」

「そいつは、役人に『こいつらの手入れが悪いので、枝が落ちてきて怪我をした』と言うたげな。一緒に行っとった奴も、口裏を合わせたらしい」

「ところがお役人もバカじゃないけん、直ぐに嘘《すらごと》と判った」

「そしたらくさ、笞を渡して、『気のすむまで、ケツを叩け』と言うたらしい」

「そげなことばっかりしよるから……、分かるやろ」

「薪は俺たちの浦では、建前じゃが、等分にするごとなっとる」

「それに、この風呂なんかの焚き物（薪）は共有ちゅうて、間引きした樹も貯めてから使いよる」

「こげな仕組みが回るのも、我慢する者たちのお陰なのよ。な、分かるやろ」

「お上の御沙汰が変わって、みんな一緒になったちゅうて、浦庄屋から聞いたけど、漁方は何も変わらんやろ」

「難しかなぁ、勝次」

弥吉の意見は、『同情』以上のものではないだろう。仮に真心であっても、口外するには相当の勇気が必要な繰り言だった。身内だからこそ、話せるのであろう。

義兄の『熱の籠った言い種』をしっかりと胸に刻み、枡酒の甘味をその近くに、グビリと落とした。


「達者にしとってください。また、連れてきますけん」

「おめぇこそ、大変やろうが、こいつらのために気張れよ。おらぁ～くたびれたら、海まで這《ほ》うていって、それで終《しま》いたい」

「それよか、孫の方が心配たい。孫には十分喰わせろ」

隣のおキンばあさんに頭を下げている間に、大きな荷物を馬車に積んでくれる。

腰田《こしだ》橋まで、弥吉が送ってくれた。背負われた次助を下ろすと、急に愚ぜり出した。抱き上げ、改めて弥吉に頭を下げた。

泣いていた子も、腕の中で安らかになっている。それをサコの背に括りつけ、西郷橋までの土手道を歩き始める。才太郎が、サコの手綱を操ってくれた。

得意気な振る舞いはサコも承知で、いつもよりゆっくりと脚を運び、なかなか前に進まない。

振り返ると、こちらを向いて弥吉が笑っていた。

西郷橋から勝負坂辺りでは、すでに取り入れの準備が始まっている。色づいた稲穂の波先に、何も下がっていない干し棚が見える。

『キィーッ』と、聴き慣れたモズの啼き声が、正蓮寺のマテ椎の森から聴こえてきた。鞍掛を過ぎ、左手に高宮の岳が見えると、心地がついてくる。

わずか三日のことではあったが、『親孝行』のつもりもあった。落ち込んだ卯吉に、子らの元気を届け、本木の村に戻ってきた。

塩で〆た真ダイを辰三に持たせ、庄屋などに配って回る。どこも、今年の豊作を喜んで、幾分浮いた気色《きしょく》になっていたらしい。

返しの酒などもあって、取り入れ前の顔合わせをしようと、集まってもらった。

「勝兄い、今年の段取りはどうな？」

「穂の重さも分かって、上の段は刈り取りを、始めるらしか」

「ここからは、兄さんの指図が要るばい。昨日、竜吉兄さんとも話した。大風が来るかもしれんし……」

帰りを待っていた、利七が訊いている。

「九平のところは、人が足りとるらしか。それで、他所ば聞いて、うちの準備にかかれ。他所が第一で段取りせい」

これを聴いた辰三は、組の内外の調整を始めることになる。

刈り取り田の順番、他の組との人手の遣り取り、それに年貢米の搬出など、一番若い辰三が決めていく。

「小吉さんの田は、手は足りとるか？　歳やけんな」

別の心配もしなくてはならなかった。

「言うてくるやろ。そん時に合わせるたい。うちの組とは別たい。俺がなんとかする」

辰三の勢いは、方々へ向かっている。

上段が済んで、順順と下ってくる。それだけ、根付けも取り入れも後になるが、収穫高とは繋がらない。

「今年の出来は、うちが一番たい」

造六と幸次が、口を揃えた。

揃って草取りに入った、盆過ぎの稲穂の勢いから、分かっている。いままでの見込みは、的確だった。

3

ムツが焼いた魚やイカが並んだ。どれも美味《うま》いと箸を進める。ノロ瀬で釣った魚を素早く加工して、サコに積む行李《こうり》に手際よく詰め、卯吉は送り出してくれた。

「荷がかさむ」とやんわり断ったが、「バカか、お前は。これぐらいやったら、直ぐに無うなるくさ」と、強引に持たせてくれた。

酒がすすみ、ムツが少し焦げた赤身が入った皿を、持ってきた。

「珍しいモンがあるたい。食べてみぃ」

「これは、何な?」

利七が、先に手を付ける。造六も箸を出している。

「猪《しし》肉やなかなぁ。脂が違う。何やろか」

「鹿かもしれんなぁ」

食べた二人が見つめ合って、同時に「これはうまい」と言った。

「これは、馬の肉たい。わかるか？」

笑っていたかもしれない。

「本当か、兄さん。死んだ馬の肉か？」

「そげなモン喰うたら、いかんやろ」

「利七、お前、たった今、うまいて言うたやないか」

造六は、二切れ目を皿に戻した。

「ウソやろ」

今から食べようとしていた、竜吉や幸次それに辰三は、大きな目で肉を見つめて神妙になっている。

それから、騒がしくなった。

しばらく黙っていたが、男たちを上目にうかがい、口に入れてみる。

「やっぱりうまい。コレもうまいが、牛もうまからしかばい」

「珍しいもんたい。どんどん喰え」

応えて箸を動かす者は、誰も居ない。何か大変なことと、見張っている。

「お前たちは、殿様と同じモンば、食うたとたい」

そう言うと、笑いが止まらなくなった。

「これはな、大島の沖で獲れた、鯨肉《くじら》の塩漬けたい。弥吉兄さんから『みんなに食わせてくれ』ちゅうて、もろうて来た。何でも、大島辺りは、他の魚ば追うて、ときどき鯨が寄ってくるらしか。それを捕まえたら、殿様に献上される。切り身にしてから運ぶけん、そのうちなんぼかは、他の村にも回ってくるらしか。それが、これたい」

「聞いた。聞いた。これが、大島の鯨な。えらい精がつくちゅうて、聞いたことあるばい。殿さんも跡継ぎが要るけん、こげんとば食べるとやろう」

辰三が、やおら食べ始めた。

「辰、もうちょっと食うとけ、直ぐに二人目が出来るぞ」

正体が判ると、皿の中はたちまち空になった。

「殿さんたちは、こげんとばいつも喰いよっちゃろか」

一番年配で無口な竜吉が、初めて口を開いた。

「精はついても、毎日喰うモンやないなぁ、これは。塩しても、血ぃの匂いは消えとらん。俺には強《きつ》かばい」

利七は新しモンが好きだが、正直に本音を吐いた。

「うまいちゅうたっちゃ、俺たちには、にぎり飯が一番たい」

「勝次、珍しかモンやった。確かに、これはうまい」

思いやりと受け止めていた。歯切れの悪い、言い回しが澱んでいる。

「竜兄い、そばってん、こげなモン喰うたけん、にぎり飯が一番て思うとばい」

「もうすぐ、飛び切りうまいにぎり飯が食えるばい。今年は」

辰三が、残りの酒を注いで回り、その場の仕切を促している。最初に造六が腰を上げた。竜吉も続く。

「上の段が終まえたら、次の日に行くぞ」

全員が立ち上がって気合が入った。

「よし」

「よし」

「いくぞ、いくぞ」

寒気が漂い始めた闇夜に、揃った声が響いている。

九　ご縁があれば

1

二の酉《とり》のころ、五日ほどかけた取り入れが終わった。しばらく、架け干しをしておく。本木の村は、畦町川の上段から丸尾の堤までの田圃と、本木川に沿った八幡宮の下まで、刈り取ったばかりの黄金色が整然と連なっていた。わが身の養分を新たな生命体へ繋いでいく光景を眺め、そろって安堵する。

おおよその収穫内容を庄屋に報せ、上納米や年貢の段取りを打合わせる。出来るだけ手元に残しておきたい百姓ばかりだった。明治の元年（戊辰）や二年（己巳）ほどではないが、去年（庚午）の不作があっただけに、五人組のそれぞれの頭は殺気立ってくる。

とりわけ、高額の証文を抱える組は、その返済も頭から離れない。共済であれば、個別の負債では納まらない。豊作の喜びも、生々しい現実に直面すれば、萎《しぼ》んでいく。

「棒引きの神様が、夢に出たばい」

見たわけではなかろう。それでも、ばからしい話をすれば、幾分なりと、気分が紛れるのだ。

辰三が来た。浮かぬ顔をしている。

「どうもおかしい。父つぁんが、取り入れでくたびれた（疲れた）ちゅうて、起きてこられん。何も食わん、らしかぁ」

「いまチヨが帰ってきて、妙な気分がするちゅうて泣きよる」

「何が、悪いとか？」

「腰がまったく立たんちゅうて、言いよる。孫の顔を見ても、ボーッと見とるだけらしか」

予期せぬ辰三の嘆きであった。チヨを娶《めと》り、小吉たちに孫を見せることができた。その目出度さを、競っていたばかりなのに……。

「平蔵には報せたか？」

「おっかぁが、一応伝えとこうと、言いよる」

平蔵は、小吉の組頭である。

「兄さん、父つぁんも、もうすぐ六十五歳になるらしか」

「還暦が過ぎて、チヨによか旦那が出来て、孫まで見れて、思い残すことは何もなかちゅうて、おっかぁが聴いたらしい」

「そげな話があっても、まだまだ三途は早かばい」

「この前、頭から『父つぁんの張り切りが凄かぁ』と言われたばかりじゃ。わぁも感心しとったとよ。なんとかしてやりてぇ」

「畦町の医者には診せたか?」

「甫七庄屋さんに、掛けおうてみようか」

「『これは医者では治せん』と、ごねとるらしい。困ったもんたい」

そんなとき、一升徳利を提げて中村平蔵が訪ねてきた。

この男は隠居した庄屋の文九郎に引き立てられ、村で一番の組頭と目されている。

態度が横柄と言う衆もいたが、的確な判断に触れて、頼りにしている。四つほど年長で、敵わぬ迫力が備わっていた。

「勝次に、聞きてぇことがある」

「小吉父つぁんのことか?」

「それもあるが、いろいろとな」

ムツが、湯呑みを二つ、それと人参の味噌漬けを持ってきた。

深刻な話と思ったのか、平蔵とは語らず、早早と引っ込んだ。

「一つは、辰三のことたい。うちにくれんか?」

いきなりで、しかも遠慮がない。

「うちの組も、みんな年寄りで、跡取りが続かんちゅうて、言う者が出てきよる。百姓辞めたら、行くところがない。銭も無いし、婆ぁさまと山さぁ登って……と言う奴もおる」

「父つぁんのところも、それたい」

思い込んだように、語りは一気だった。黙って聴いていたが、平蔵の意向とは逆に、収まりはやはり悪い。

「父つぁんのところへ、養子にやれということか？」

「近々、名字も付けないかんやろ。丁度よか時期たい」

これが、この男の流儀だろうか……。

「それは、小吉父つぁんやチヨは知っとうとか？　それと辰の気持ちやなぁ」

「おめぇも分かっとるごと、うちの組で一番若くて、頼れるのは、辰三たい。所帯を持ってから、なおのこと、男らしゅうなった。これは他の者も、同じと思うたい」

「おれは、ガキの時からやからなぁ。いろいろアイツに教えてきた」

「父つぁんの患《わずら》いも、心のもんたい。俺にも伝わってくる」

平蔵に合わせ、口調が早まっただけではなく、腰が定まらないで、方々の話が重なっていく。

「だけん、おめぇに頼むとたい。これは、おれの組内だけの問題じゃ、なかとばい」

平蔵の口振りはさらに荒く、熱を帯びてくる。

「村全体の大事たい。お前の組は、辰三ば入れて六人たい」

注いだ酒が、見る間に減って、震える手酌になっている。

「それは村の都合で、そうなっとうとやから、みんな納得しとる」

「今までの庄屋さんやら、お役人が決めとるとたい。ばってん、それで他の組には迷惑はかけとらんばい」

平蔵の言い分は、よく分かった。確かに辰三が納得して、平蔵たちが大切に受け入れてくれたら、小吉家族の安泰に繋がるし、本木村のためになるのかもしれない。

しかし、聴くほどに、居心地の悪さが湧いてくる。村に良いことであれば、この男ではなく、自分が率先するべきではないか。そんな思念《しねん》すら交叉してくる。チヨを娶る時に、平蔵と同じ想いが無かったわけではない。シカに囁いたときに、「そこまでは……」と大きく手を振って拒まれた。気が小さい、小吉の心情を慮《おもんばか》っていたのだろう。

「庄屋さんには、これからか？」

まくし立て、すっきりした平蔵に、落ち着きが戻っている。

「そうたい。おめぇの方から、辰三たちばまず説いて、纏《まと》めてくれんか。そういうもんやろ手順は」

酒が入った茶碗を横にずらして、平蔵が深々と頭を下げている。

決して、納得したわけではない。まだ今年の年貢も済んでおらず、組内の者の意向も確かめなくてはならない。それでも、『前向きに考えられる』と、思いはじめていた。

『気の病』に、嵌《は》められたかもしれない。

「それだけな？　まだ、何かあるとな？」

酒のせいではない。ぶっきら棒な言い回しになっている。

「そうたい。これは、これは、忘れよったばい」

「チヨの姉女《あねご》は、シカというやろ……」

「青柳の宿屋で賄女《まかない》ばしよるたい。女将さんに可愛がられて、行く度《たんび》に、評判が上がっとる。

それが、何な？」

「実は、庄の字におる安二郎がシカに惚れて、その親父が文九郎さんにお願いに来たらしか」

「小吉がうちの組で、自分で宿に世話されとるけん、おれに話が来た。近いうちに仕事で行くことはなかかな？」

「向こうの庄屋さんな、どげん思うとらっしゃるとな？」

「それは、見通しが立ってから、ということやろう」

「その程度なら、シカは納得せんばい」

「なしてな？」

説明できる、理由などなかった。

「あいつは、強情女《ごうじょうもん》たい。自分で納得せな、いかんたい。惚れた晴れたの軽か調子じゃ、いかんたい」

シカの代わりに、ここまで弁えることではなかった。

「イノは、どげんなっとるとな」

「博多のお茶屋さんの仲居になって、久しかたい」

「身内は言いにくいやろうばってん、今じゃ旦那さんの世話に納まっとるらしか。仲立《なかだち》ば介して、丁寧なごあいさつがあったらしい」

ある程度は知ってはいたが、省略は出来ない。

「店の方が、シカがおらんかったら、困ろうや。年季は過ぎとるはずやから、承知すればそっちはよかばってん」

こっちの話の方が意外でもあり、平蔵は軽い口ぶりで帰ったが、真剣に受け止めきれない。好い話とは、思わなかった。

「おぉ〜い、弥吉よい。百姓たちが一所懸命に作った米ばい。一粒でっちゃこぼしたら、バチがあたるばい」

今年の津出しを差配する男に、今林浦庄屋が大きな声で励ましている。その『信頼』を、長左と一緒に聴いていた。

数年空いていた福間浦の津出し倉庫へ、年貢の米や大豆などが大八車や馬車で運ばれていく。鞍手や遠賀の荷が先で、近郷はその後になる。一度に運べないので、この習わしが続いている。

「勝次、おめぇは浜の男たちを統《まと》め、こっちに当たれ」

藤助からの、指図だった。

畦町で朝一番の荷を受けて、津出し場に急ぐ。そこで次々に到着する大八車や馬車を仕分け、産地と津出し順に荷捌きをしていく。弥吉の指示で、長左が動き回っている。

「ここで良かね?」

見たことがあるてぼ振りの女が、にぎり飯と焼いた干物を持ってきた。サトが世話になっていた女御たちだった。

「勝ちゃん、ありがとなぁ」

いつも見坂の峠まで送っていた、他の女も一緒だった。

「サトが、サトが、まだ本木にいるようたい」

この時期、峠を越える商売は控え気味になる。てぼ振りの女たちは、この津出し場で、賄いをして稼ぐ。

おキンばあさんも、見えている。

浜の男たちと一緒に仕事して、ここにいれば、確かにサトが近くにいるような気になってくる。

2

蔵がある先の渡し場に、船が着くのが分かった。

積み込みの指示で、男たちが動き出す。

「よっしゃぁ〜、よっしゃぁ〜、行くぞぉ〜」

浦庄屋が指名した差配の振る籏《はた》に従って、車力や人足が威勢よく動き回る。

「ほいやぁ、ほいやぁ、ほいやぁ」と、声を掛けながら積み込んでいく。それを、船の大きさや、左右前後の均衡を考えて、水夫が積み上げの指示を伝える。

素早くしないと、狭い河口は大混雑になり、捗《はかど》らない。潮の干満もあった。この津出し場が、一年で一番賑わう場面であった。

百姓がこさえた大きな富に、役に立ちたい誇りと、福間浦の心意気が重なり、誰しもが輝いている。

「ほいさぁ、ほいさぁ　ほいさぁ」

見れば、仕切りの幟《のぼり》が高く揚げられ、さらに張りつめた空気が津出しを制している。

荷が整った長久丸が、纜《もやい》を解いて出ていこうとしていた。

船の艫《とも》の方から、這い出すように河口を出ると、船首を沖へ向け直して、水主たちが沖合まで漕ぎ出していく。

そこで徐《おもむろ》に満帆を揚げた船は、志賀島と玄界島の隙間に向い、段段と小さくなっていく。勝馬の岬や弘の浦を巡って、ほぼ半日で博多湊の永蔵《おくら》に着くと見込んだ。

風と潮の加減を見極めでの積み出しは、時には艀《はしけ》を使うこともあった。

「いつ見ても、いい景色だなぁ」

近づいてきた弥吉が、生きがいを口にした。

西郷川の河口の外海には、二百石ほどの大きな帆船が、待機している。見えているのは、今橋庄平持ち船・幸丸、今橋惣八の栄幸丸、それに広渡儀三郎の幸徳丸だった。

これらの大船は、津出しの時期以外には、様々な商品を積んで、大坂方面と筑前を往復してくる。いずれも、この浦の自慢であり、運上金などで活力をもたらしてくれる。

積み込みを待つどの俵にも、産地の村と庄屋の名が書かれた、木製鑑札が括ってある。

積み込む前に、受け渡しの責任者が、中身と数量（重さも）を確認。浦庄屋が印を押した『船積み証文（受け取り証）』を発する。

村の庄屋はこれを受け取ると、郡代に報せ、『年貢納め』となる。

ここ数日の積み出しで、今年の豊作が確信できた。さらに、この騒ぎがこれからも続くように、水平線へ向って頭を下げていた。

漁方もこの間は網漁が適わない。小さな風帆を揚げた一本釣りの小舟が、沖合に一艘だけ浮かんでいた。


《明治の時代が始まって丸三年が過ぎていた。ご維新による変化は、小さな筑前の村や浦ではあまり感じられず、従前の生活が続いていた。『廃藩置県』も、『士族の処遇』も、あるいは『解放令』であっても、百姓や漁方たちの生活に、とりわけ関わりがある御沙汰とは感じられなかった。彼らにとって、『今年の収穫』が重要であり、『年貢や御菜銀《ごさいぎん》を納めるのは当然の務め』だと、信じて疑わなかった。完納できれば、家族と身内の安寧が、とりあえず確保できた。不作が続けば、この輪が途切れ、流浪《るろう》の生き方も余儀なくされた》

辰三に、『養子の話』をしたのは、暮れのことだった。板の間に畏まって座り、告げられる覚悟が伝わってきた。

「おれの方から、兄さんにお願いしようと思いよった。チヨも喜ぶし、姉さんたちも安心する」

「ただ、今おれが抜けたら、うちの組が困るやろ。自分からは言いにくいばってん、おれが抜けたらくさ……」

「ばってん、小吉父つぁんたちば安心させて、これからは楽にしてやりたか。兄さんには、何とも言いようのなかたい。ばってん、今の身内はチヨと父つぁんたちたい。本当に申し訳なか……」

「おめぇのその気持ちがあるけん、平蔵は動いたと思う。あいつが言うことは真っ当なもんたい。人を観る眼力《まなこ》も、大したもんたい。信じてよかばい」

「すまん。兄さん、すまん……」

「辰三、そうは言ってもお前の家の仏《ほとけ》さん（ご先祖さま）は、無くならんとぞ。それを忘れたら、俺は承知できんぞ」

「わかっとうくさ。わかっとう」

絞り出すような言葉には、感謝が籠った重たさがあった。

新年（壬申）を迎えていた。

組内の新年会を開く前に、まずは薄甫七庄屋に伺いを立てた。

「それは、『小吉も辰三も納得している』と、いうことやな」

「そのとおりです」

「竜吉たちには話したか？」

「庄屋さんにお伺いをして、その後にと思うとります」

「宗旨も、問題ないな」

「どっちも同じ（西法寺）と、思います」

「文九郎さんにも、儂の方から言うとこう」

「ということは？」

「村にとっては、良かことたい。ただお前が骨折ってきた、組内のまとまりだけが心配たい」

「田はちぃーと減りますが、また気合を入れ直して、みんなも頑張るでっしょ」

「一応は、郡代に断《ことわ》りが要るたい。あん人たちは、『聞いとらんやった』とか、聞いとっても『記憶にござらん』とか、後になって言うとたい。念押しするけん、ちょこっと待て」

甫七の計らいが利いて、これまでの経緯を竜吉と造六に伝えた。

「俺たちも、そげんなるとが普通やろうと思いよった。多分、幸次も利七も、同じこと言いよるやろ。寂しかけど、それでよか」、
造六が口を挿んだ。

「まぁ、俺たちが四《し》の五《ご》の言うたっちゃ、決めるとは庄屋さんたちたい。辰三は、最近えらかよ。身内が出来て目の色が違う。あれなら、平蔵の組に世話になっても、迷惑はかけんやろ」

「今度の集まりで、『お祝い』しちゃろう」

仲間の固い結束を、改めて感じていた。


「おれがガキだったころから、何もわからんころから、色々教えてもろうて………、」

もう、涙声になっている。

「とくに頭の勝次兄さんには、朝から晩まで付いてさるいて、何でも面倒見てもろうた。そい

やけん、これからもずーっとこの組で生きていくと、思いよりました」

「それが、それが、こげんなってしもうて、皆さんには、ほんとに申し訳ないと思うとります」

「あいさつに行ったら、庄屋さんから『お前のためじゃないとぞ。本木のためぞ。今から気張らな、恩が潰れるぞ』と、言われました」

辰三とチヨ、その後ろに小吉とシヲが控えて、目頭を押さえ揃って深々と辞儀をした。

「湿った話はもうよかたい。酒ば早う持ってこい。利七、手伝え、啓二もぼさっとするな」

酒が出て、女房達が炊きだした正月料理を運んで来た。いつの間にか、『患い』から回復した小吉は、持ち込んだ徳利を持って回り、丁寧に頭を下げている。

「父つぁん、良かったなぁ。収まりがよかたい。これがよか」

竜吉には、二十歳の息子啓二がいた。辰三よりずーっと若いが、良く働いた。何よりも、親子のつながりを尊ぶ男だった。

「チヨ、辰三に精の付くものば食わせて、毎晩がんばれ。父つぁんと母かぁば、長生きさせろ」

息子を授かったばかりの利七が、嫁のツ子《つね》に厳しく睨まれている。

正月を過ぎれば、寒さが徐々に遠ざかっていく。

弥生の月になり、麦の緑も一尺ほどになった。菜種の蕾は厚みの葉に隠れ、やがて咲く景色を思い起こさせてくれる。許斐山からの風が、幾分軽くなってきた。

山の口峠へ登っていく街道を、数人のお武家が急いでいた。ほとんどが総髪を後ろにまとめ、月代を乗せる士族は、少なくなっている。黒い洋服や、散切《ざんぎ》り頭にも見慣れてきた。

峠を下ってきた商人風の男が四・五人の集団を避けて、過ぎた後から振り返っている。藪入りになって、安二郎に嫁ぐと決めたシカが、小吉と一緒に挨拶にきた。辰三も遅れてやってきた。三和土までの足音で、急いで来たことが判る。

「座り親ば、引き受けてもらいたか」

小声の小吉が絞り出すように願い出た。

「父つぁん、それは平蔵やろうもん。今度の縁組を持ってきたのは、平蔵たい」

地域には『座り親』という、縁組の体裁を整える習わしがあった。両家の期待だけでなく、地域もその夫婦を末永く見届ける。村社会を堅持していく、ひとつの手法だったのかもしれない。

「姉さんに頼まれて、平蔵親方に頭を下げたらくさ、それは勝次たい、と言われるとよ」

「おれが辰の座り親を務めたのは、こいつの親代わりもあるが、組の頭やけんたい。それから言えば、やっぱり平蔵やろう。チヨの時は、しよったばい。他所《よそ》の組のことに、あんまり関わらんがよかやろう。どげんやろうか」

引き受けてもらえる期待が外れた、そんな空気だった。

「お祝い事に水を差すといかんけん、おれが平蔵と話すたい。それで、決まりたい」

3

久しぶりの青柳宿だった。

春になっても津出しの仕事が多くて、街道筋の荷を運ぶことはしばらくなかった。今でも、天候をうかがいながら、津出し場は賑わっていた。

去年の夏に乃助じいさんが亡くなって、谷山の和助が、あとを継いだ。若いけれども、博多から赤間まで詳しいし、差配に偏りが無いちゅうて、聞こえてきていた。

最近は、籠に代わって、人力車を利用する客が多くなった。身体を起こした姿勢で、長時間の行程に耐えられる。平道では走りやすいが、旦の原や山之口峠などでは、綱を引いてくれる助人《すけっと》が必要だった。

「昨日はオランダの役人が、籠で通ったばい。やっぱり狭いちゅうて言いようらっしゃる」

新しい空気が感じられた。和助の頭には、すでに髷が無かった。

その散切り頭に帰り荷のことを頼んで、表の店に女将を訪ねた。

シカの姿は、見えなかった。

「女将さん、シカのことではご迷惑かけました。ああたの勧めが利いて、決心したと言いよりました」

「良かったたぁ。うちは早ようシカに嫁入ってもらいたか、と思いよったたい。それが十年以上居ってもろうて、年季も三年過ぎとうとよ」

「安二郎の親は両方良かぁ人で、大層喜んである。田圃にはまぁ〜だ入らんでもよかちゅうて、もうちょっと、手伝うてくれるらしか」

おおらかな笑い顔で、弾んでいる。

「座り親の話が、来たろう? 何も言わんで、受けてやらんね」

「オナゴのうちが、頼むことじゃないばってん、もうしばらく、あんたに心配してもらいたかとよ、シカの気持ちは。わかる?」

「そげな話ば、平蔵に……」

「いや、私《うち》からするもんか。庄の頭とここにお訪《み》えて、小吉さんの組頭ちゅうて、あいさつされた。立派なもんたい」

「そん時たい。あっちの方から、シカの座り親は、勝次がふさわしいちゅうて、庄の頭に言うておられた。あんたの評判も一緒くさ。横でそれば聴いてくさ、『よか男が、いっぱいおるねぇ』と、うちは嬉しゅうなったばい」

その時、泥がついた青菜をいっぱい抱えて、シカが入ってきた。

「兄さん、この前は突然の頼みで、すいませんでした」

「よかよか。それで、あの後に平蔵に会うたたい。そしたら、辰三と同じことば言う。組内の祝言やけん、段取りするとは俺の仕事。ばってん、シカや小吉を、一番心配してきたのは勝次やけん、お前が座れと言いよる」

「辰三の件で、負い目があるとかもしれんなぁ」

「いま女将さんからも言われて、これ以上断ったらいかんやろうと、思うごとなった。ほんなごと（本当）に、おれでよかとか?」

「お願いします」

ふたりの女御が、口を揃えて、返してきた。

「帰ったら、辰三に報せとくたい。それで良かか？」

「よろしくお願いします。お父つぁんも安堵します」


安二郎とシカの祝言は、笘松屋の大広間を使った。女将の勧めでもあったが、身内がほとんどいない小吉一家の面目を案じて、安二郎の親が段取りした。「絞り込まれた」本木からの参列者は、懸命にシカの為に尽くした。

『祝いめでたぁ～～のぉ、若松さまぁ～よ、若松さまぁ～よおっ
枝も栄えりやぁ～、葉も繁ぇぇ～るぅ～、
ええい～っ、しょうえ、ええい～っ、しょうえぇ～

あ～あ～しょんがねぇ～～

あれわいさぁ～のぉ～さ、えさっしょ、しょんがねぇ～～』

『こちの座敷ぃ～はぁ～、祝いの、ざしぃ～きぃ～、鶴と亀とぉ～が舞い遊ぁ～そぶ』

祝いの唄がそろっていて、最後に平蔵が手一本で収めた。

笘松屋の女将は、地鶏を自ら捌いて、振る舞ってくれる。裏粕屋同様に本木でも食べるが、ここのすき焼きは、甘さの加減が絶品だった。また煮汁で炊いた豆腐やこんにゃくが、冬の野菜に絡んで、みんなを喜ばせた。

安二郎の母親が、『水だぶ』を全ての卓に配って、終宴となった。

飢餓直後で、倹約を強いられた辰三とチヨの祝言ではなかった、緩みが感じられた。『建前として』は変らないが、豊作が効いているのだろう。

身内だけでサトの三回忌を済ませ、臨んでいた。

山桜が葉色に染まる温かな一日だった。


「今度は何やろか?」

郡屋からの呼び出しに、平蔵が呟いている。

昨日からの雨で、足元はぬかるんでいる。提灯の明かりが足先を導いてくれるが、八幡様の階段下で窪地につまづいてしまった。「素通りせぬよう」とのお叱りだと、少しだけ戻り頭を下げる。

本木と畦町、それに八並の組頭が入口近くに見えた。奥には他の庄屋も座っている。脇野弥三郎が、促されて、立ち上がった。

「村の治め方が、これからは変わることになった」

「この宗像郡の地は、福岡県の第四大区となり、今までの村を十一の小区にまとめられた」

「従来の郡代官は無くなり、郡調所となった。これで、今までの大庄屋や庄屋という治め方は出来なくなった。ここに書付を用意した」「これは、これからの小区の区分と、責任者(戸長)を表したものだ。今までの暮らし方が、変わるわけではない。心して承るように願いたい」

第七小区　（八並・村山田・津丸《つまる》）　戸長　脇野弥三郎
第八小区　（本木・畦町・舎利蔵）　戸長　薄　甫　七
第九小区　（久末・内殿・上西郷）　戸長　城戸久三郎
第十小区　（福間浦・下西郷）　戸長　今林孫十郎
第十一小区　（手光《てびか》・宮司《みやじ》・在自《あらじ》・須多田《すだた》）　戸長　中川太九郎
各触　庄屋　中
壬申　四月
（一部の写）

見慣れた郡代官は床几《しょうぎ》に腰かけ、黙して説明に頷いている。意図と違う説明であれば、それを正す役割なのだろう。
宗像での務めが終われば、別のところへ動くのであろうか。
最前列に居並ぶ庄屋と、お役人のそばの大庄屋は、多分、このお達しを事前に知っていたのだろう。わが身のことなのに、何も語らず神妙に座っていた。

《明治五年（壬申）四月九日をもって、江戸時代の地方（藩）を支えてきた『大庄屋・庄屋』の制度は廃止された。日本国（国家）があって、従来の藩割に沿う形で、各県の分割統治が始まった。その責任者に、県令（現知事）を置いた。筑前は豊前や筑後などと合わさって、さらに大きな福岡県となり、これを大区・小区に系列化。それぞれの責任者に戸長・副戸長・保長を配置した。統治権限の見直しも一緒に行われ、人身間の些細なお裁きや婚姻の見届け、あるいは宗旨替えの差配など、郡代官が有していた権限の一部が、戸長たちに付与された。これが、今の地方自治の始まりと思われる。加えて、戸長ら職制の顔ぶれの多くは、従来からの庄屋が殆ど引き継いでいる。成り行きとして、平民たちは今まで以上に彼らに従順になっていった。「新しく」任命された戸長たちは、管轄する域内の戸数・地番・員数・生死・出入などを調査し、郡調所を通じて県令へ報告させられた。これが『壬申の戸籍』である。『日本国』を統治するために不可欠な戸籍制度の始まりであり、『新しい国家の仕組み』が、末端まで及んできた証左であろう。

続いて、百姓が耕す田畠や住む土地屋敷は、個人の所有地とみなされ、所在と地価を表した『(壬申)地券』が発行された。『私的所有』の始まりで、資産の流動性と相まって、貧富の乖離《かいり》が顕在化、ここに『資本主義による階級社会』が芽を出した。かねてより、困窮する百姓に銀を貸し、預かった証文と地検とを相殺し、安く財を集めさらに富を集約し、栄華を極めた上役たちも多かったという。しかし、当時の複雑で境界があいまいな田畠や、入会地の存在などもあって、この後の『地租改正』も絡み、明治の二十年ごろになって、ようやく定着したという。その後の『太陽暦の採用』、『学制頒布《はんぷ》』(学校制度)や『徴兵令』など、国の重要な政策が次々と、このにわか作りの統治網によって、各村や浦に伝わって来た。その理念を十分に説明できる資質と見識を、殆どの責任者(戸長たち)は持ち合わせていなかった。そこにデマや噂話がはいりこみ、百姓たちの不安を、さらに増幅させていった》

十　神の思《おぼ》し召《め》し

1

明治五年（壬申）の秋が、訪れようとしていた。

諏訪神社は、第十小区（下西郷村と福間浦）を統べる戸長・福間浦の今林孫十郎の支配のもとにあった。古くからふたつの村の氏神と崇《あが》められてきた。周囲を見渡せる高台に祀《まつ》られた祠《ほこら》は、豊作・豊漁それに家内安全の象徴であり、そのご利益で生活の安寧《あんねい》（平和）が保たれていると、長く信じられてきた。

放生会《ほうじょうや》（秋祭り）が恒例で、御神幸の御旅所《おたびしょ》までの御下りを、明日に控え、賑わっている。『天下泰平』『五穀豊穣』『万民和楽』『無病息災』などと揮毫がある大幟が、参道に並んでいる。石段の脇には、新造された船の大漁旗も揚げられていた。

立ち並ぶ色色の露店では、小銭を握った者たちが目を輝かす。着飾った娘たちは、簪《かんざし》や紅に興味を抱く。洟垂れ坊主たちは、射幸心や食欲に誘われて、幼い知恵を働かせる。

「イリコ干しやら加勢して、一銭もろうたら貯めとくとよ。放生会まで待ち遠しかとよ」

サトの声が蘇《よみがえ》れば、目元が熱くなってくる。

『年に一度』と思えば、その無駄遣いを諫《いさ》める大人《おせ》はいない。

境内近くには芝居小屋も並ぶ。元手が要らない易占いも、隙間の暗がりに座って、参拝者の懐を当てにしている。

社務所辺りから聴こえてくる、男衆の騒めきは、『前景気たい』と、浮かれて呑んでいる輩《やから》だろう。

浮き足たつ雰囲気が、迎えてくれた。

「勝っちゃん、ありがとね」

「うちらも、明日はよこいたい。うれしかぁ」

見坂峠から、てぼ振りの女御達を乗せてきた。

この日も若宮方面で商いをして、帰り荷が重かった。

大きな声で労いを交わし、勢いをつけて散っていく。

馬車を、神社の溜り場に移し、サコの飼い葉を舫の下に置いた。社務所の小人に断りをいれ、浜へ向かっていく。

お宮から少し離れると、一気に灯りは遠ざかり、夕闇が迫ってきた。

月もなく、家の灯りもひっそりで、外まで漏れることはない。

馴れた順路なのに、足元までが不安定だった。

しばらく歩くと、湿り気を削いだ正面からの西風が、微《かす》かなざわめきを運んできた。

「サーッサッ、サーッサッ、サーッサッ……」

何かで地を掃くような音に、近づいていく。馴れてきた暗闇を透《すか》かして、男の背中がふいと浮かんだ。半身は裸で、大きな竹箒を振っている。二日前の大風の余波か、枯れ枝や松葉などが散らかっている。

『お下り様』の前に、その片づけを請け負っているのだろう。

直ぐ近くにもうひとつの息遣いを感じ、闇夜の中の心細さが少しだけ和らいだ。

「あんたら、お疲れさんたい。やおいかんなぁ」

抑えた声の励ましが、届いたらしい。

「もぉ〜し……」

やっと聴こえた。それに草虫ほどの囁きの確かさもあった。その不気味さに、足が竦んだ。

ところが、男は頬被りを取って、こちらに辞儀をしてくる。知り合いに出合ったような、柔らかな振る舞いだった。周りに溶け込んだ日焼けした顔が、こちらに寄りかかってきた。

「おれかぁ？　何か用かぁ？」

受け入れる構えがまったく備わらず、声が上ずった。

「すんまっしぇん。本木の勝次さんでっしょ？」

少しだけ増幅された声に、名を呼ばれた。

「何やぁ〜、何で分かるとや？　びっくりしたばい」

「ひょっとしたらと……、そしたら、やっぱり……」

「わぁは弥吉の舎弟分で、勘助と言いますたい。畦町宿では……」

「勘助？」

そこまで名乗られて、やっと判った。

大火の後、宿の近くに人足小屋ができた。この浦から働きにきた男たちの中に、勘助はいた。釣りが好きで『浮かせ釣り』のことを、弥吉に聞いたらしい。

「一本分けて欲しかぁ」と頼まれ、渡したことがあった。

義姉《あね》さんが青柳宿の筥松屋に嫁いでいると、その時に聞いていた。

御旅所までの、掃き清めの最中だった。

「サーッサッ、サーッサッ、サーッサッ……」

遠のいても、掃き浄める響きが、心地よく追いかけてきた。

土間に入る右手に、真新しい白木の板が見える。周りにも多い『廣渡』の墨書きが、暗がりにぼやけている。中に人の気配はない。上がり框まで入ったが、同じだった。外に出ると、水桶と小さな竹笊《ざる》を抱えた、おキンばあさんが立っていた。

「今日は、誰もおらんばい」

「明日から祭りたい。弥吉も、今年は世話人らしか」

想像していた通りだった。

〈そんなら、あの中に居《お》ったのか、兄さんは〉

「久しかねぇ。サトがおらんごとなって、何年になるかねぇ。子たちは、元気にしとるね」

長居はしたくない。ばあさんに、括った野菜をすべて差し出す。

「てぇ～、こげんもろうてよかとね」

「何かこさえたら、こっちにも食わしてやって……」

「よか、よか、よかたい」

出口の番子に桶などを置き、両手で受け取っている。

夜の立ち話は、向き合う者を近づける。絣の襟元から、日焼けした胸元が光って見えた。

いつも漁の水揚げを手伝い、イリコの製造作業にも精を出す。浜の女は逞しく生きている。


サコを撫で、車に繋いでお宮から出ようとしたときに、卯吉が石段から下りて来るのが見えた。足元がふらついているのは、お神酒のせいだろう。後から下りてくるのが、今林孫十郎と直ぐに判った。馬を見て気づき、こちらに寄ってきた。

祭り仕立てなのか、揃いの印半纏《しるしばんてん》を着ている。巻いた手拭いを解いて、二人に向かって、丁寧に頭を下げた。

「仕事やったんか。ここは祭りの前たい。息抜きしよった」

上司の手前だろう。控えた言い方になっている。

「勝次、今から帰るとや?」

「明日も仕事ですけん、本木に帰るとこですたい。取り入れの準備もせないかんですもん」

「こげん暗ろうなって、なんば言いよっとか」

「なんも話さんで、帰ることもなかろう。ゆっくりしていけ。弥吉も上におるたい。あれは役じゃから分らんばってん、良かったら泊まれ。今から酒ばもろうて来る。よかな」

止める間もなく、石段を戻っていった。付いて行きたいが、若い衆が傍らについている。

「津出しの時には世話になったなぁ。それと大きな声じゃぁ言われんばってん、色色知恵ば貸してもろうて、みんな喜こんどるたい。弥三郎さんや甫七さんにも、申し訳なかと……、ほんとたい。」

一年近く前のことを、何度も繰り返す。ありがたい言葉が、少し重たく感じられた。

戸長には長左が付添っていた。

「旦那さん、人力を用意しました。お供します」

「おい、チョー。ここは俺のシマぜ。なんで先に帰るとや？　まだ早かろうもん」

「卯吉さんも、今から勝次と呑むらしかばい。なんで俺だけ帰らないかんとやぁ」

甘えたような言い方にも感じる。長左は平然として動じる風ではない。その毅《き》然《ぜん》とした振舞いが、迷いを吹き飛ばしてくれた。

「いえ、あたしゃぁ今から帰ります。父っさんは、あげん言いますばってん、また下ってきますけん」

白い一升徳利をぶら提げ、男が卯吉を抱えて戻ってきた。足が定まっていない。

「勝次、今から呑むぞ」

かなり頼りない。

「卯吉さんも一緒でよか。俺がちゃんとする。勝次、後は任せろ。よかよか、早よう去ね」

状況を掴んでいる、長左の左眼が合図を送ってきた。

酔った老人たちを介抱し、ふたりで人力車に乗せる。狭い座席になんとか押し込んで、長左が号令を発した。

「これでよか。行くぞ」

車夫は、押さえていた梶棒を支え直して、足元を構えた。

「さぁ、行きますよぉ～、そりゃぁ～、そりゃぁ～」

クルマを追いかけて、長左も駆けだしている。

卯吉を支えた男が持ってきた『豊盛』の徳利が、勝次の傍らにぽつんと取り残されていた。

サコに引かれ、在所まで戻ってきた。

子らはすでに寝入っており、ムツが起き出してくる。麦飯を囲炉裏端に置いて、ぺたりと座り何気に向き合った。

サトが逝き、子らの面倒はすべてが母に被《かぶ》さっている。申し訳ない気持ちがあり、還暦近い母の亡き後を想えば、早めの算段が要るのかもしれない。

「さっき辰三が来たぞ。けわしか血相やったばい」

「何やろうか」

「何も言わんが、すぐにでも会いたいちゅうて、帰った」

「そうな。何やろかな。また来るやろ」

2

寒くなる前だ。子らに綿入れ布団を被せ直し、傍らで横になった。

うつろになりかけた時だった。厩の方から板を蹴るような音が聴こえる。低い音は何度か続いて、止んだ。

気になったら、なかなか寝付けない。

入り戸のつっかい棒を握って外に出た。数日前の大風で、何かが外れているのかもしれない。

暗闇を睨み、埒《らち》を探る。周りの気配へ、研ぎ澄ます。

「誰か、おるとな？　そこに、誰かおるとな？」

声は小さくても、届いているはずだ。もう一度聞いてみた。

「うっ、うっ、うっ、……」

「誰な？」

「うっ、うっ、うっ、……」

女が泣いている。誰なのか、すぐに判った。

「お前、シカやな。そこで何しよっとな」

深夜に、しかも厩の中でシカが……。余程の事態であることは分かる。ムツに聞いた辰三の様子を考えていた。

「シカ、こっちへ出てこい。そげんとこにおっても、何もわからんめえが」

「出ていかれん」

「なんてや。何で出てこれんとや」

「勝兄《あん》ちゃんに、顔ば見せとうなか」

「何でや？　お前が出てこんなら、引きずりだすばい。たいがいにせえよ」

泣き声が絶え、しばしの沈黙があった。

「えずかぁ～（こわかぁ～）」

消え入るように訴えて、そろりとシカが出てきた。無地の木綿を着て、草履掛け。手には雨蓑《みの》と笠を下げている。

「中へ入《はい》れ。そげん所におったっちゃ……。中へ入れ」

暗がりでは表情までは分からない。ましてや、実家《さと》には行かずここに隠れているのだ。辰三の訪問にも関わりがある事情だろう。

母屋まで連れてきて、灯を点けた。

目の周りが黒ずんでいる。髷も乱れて、着物は泥で汚れている。見えるようになった表情だけで、顛末は聞かずとも分かる。

「その格好で、ここまで歩いて来たとか？」

「…………」

「バカか、お前は……」

「最前《さいぜん》、辰三が血相を変えて来たらしか。安二郎は知っとうとか」

「……、途中で隠れた。えらい、えずかった。殺されるかもしれんと思いよった」

「何があったとや」

「おっ父ぉたちには、顔が合せられん」

子の刻になろうとしていたが、それどころではない事情を孕《はら》んでいるようだった。

いつの間にか、辰三が入ってきていた。

「やっぱり、ここやったかぁ」

「『どこにおるとな！』と、すごいいきおいで、安二郎が来たばい」

「『男がおって、おれがおるとに、男がおるとばい』と叫んで、シカを出せと、言うとたい」

「義姉さん、こげなこと初めてな？」

「…………」

シカは首を振っている。

「酒がいかんとよ。呑んだら目が座る。あとはいつも『男がおろうが……』と繰り返して、『口答えするな』と暴れ出すと」

「誰も、止めんとか」

「母屋に行って、姑《かか》さんに訴えたら、最初は『いい加減にせんか』と攻めよらっしゃったばってん、近頃は『我慢も嫁の務め』と言わっしゃる」

「今日も、『来てもらうとに、お礼ば大分《だいぶん》包んどうとよ』と言われて、何のことかさっぱり分からんで、飛び出してきたたい」

「女将さんは、知っとうとや」

「恩になっとうけん、言われん」

「そばってん、こげな顔になって、直ぐにバレるばい」

〈近いうちに、青柳宿に行くだろうか〉

その時では遅いのではないか、と思っていた。

「とにかく、今晩は黙って戻れ」とシカに言い含め、辰三に送り届けるよう指図した。

二日後に、庄の八幡様で安二郎に会った。

「貰うた嫁がどういおうと、うちのことやろ。俺たちの仲に、勝次さんが口出しするなら、うちの庄屋に告《い》わないかん。そしたら、おたくの庄屋さんな、どげんなるな。嫁がちーとケガしたちゅうて大騒ぎしたら、困るとはシカの方ばい」

安二郎の言い分には、座り親に対しても反省がない。「おれの嫁たい」と、何度も口にした。

青柳宿の賑わいの中に荷を運んだ。

重い足取りで筥松屋を覗くと、女将がこちらを向いた。

「ああ、勝次さん久しぶりやね。シカは来とらんばい………」

何かを知っている、素振《そぶ》りが感じられた。

ひと月ほど経って、久保村の千鳥ヶ池に男が浮かんだ。

庄の安二郎だと、宗像の方まで聞こえてきた。

裏粕屋の郡調所は、ことの探索を差し置いて、大きな祟《たた》りが来る前にお清《きよ》め祓《ばら》いをするように、戸長たちに命じたらしい。

「神聖な池を汚した」と、誰もが噂した。

死人の方が、責められた。

釣り好きの安二郎が、『底なし沼』と言われているこの池で、主《ぬし》と崇《あが》められる大鯰《なまず》を釣りたいと、いつも言っていたらしい。

「そげなことしたら、池の主の方がはらかいて（怒って）、引っ張りこまれるばい」

「あの池は、どげな旱魃が来ても枯れんたい。近くに大きな川がなか久保村には、大切な水たい」

庄屋や周りからの忠告など、まったく聞き入れず、田圃作業の合間に、安二郎は足繁く通った。

付いていく者は、誰もいなかった。

「罰《ばち》があたったとばい」

少なからずの関わりをもった間柄である。シカの座り親として、今後のことを安二郎の親と話さなければならない。

「安二郎を止められん嫁やった。これ以上、ただ飯ば……。未練もなか」

シカを庇《かば》う必要もない。『逆恨み』を黙って受け止めて、荷物をまとめるように促した。

帰りに、千鳥ヶ池の方に回った。お祓いをした跡が遺されている。

「私《うち》とは縁の薄い人やった。これでよかとよ」

静かに頭を垂れている。

大根川で、魚を釣っている子どもたちを見かけた。一人が見慣れた竿を使っていた。

「この竿はどこでもろおた（もらった）とや?」

「千鳥ヶ池の渕に浮いとった。この竿はよかばい」

〈これからのこと〉

それだけを想って、サコの尻を叩いた。

十一　再婚

1

《ひと月ほど早く、正月が来た。明治五年十二月三日が、明治六年（癸酉）の元旦になってしまった。旧暦（太陰暦）から、新暦（太陽暦）になったのだ。他国との交易が盛んになり、やむを得ない事情はあった。それが分らぬ百姓たちは、旧暦と月齢あるいは四季の移ろいや観天望気《かんてんぼうき》に導かれて農作業をしており、戸惑いは大きかった。旧庄屋たちの力が強くなるなかで、学制頒布（八月）や、徴兵令（十一月）などの、新たな『負担』を強いる制度が、相次いで布告された》

「人手が足りねえ時に、なんで読み書きの為に、ガキたちば学校やらに行かせないかんとや」

「おっ父うが臥せっとるけん、倅がおらんと、根付けもでけんばい。それも、銭まで払うて、ばからしか……」

新しい決まりを戸長から聞いて、同意する者は殆どいなかった。

本木の村では、年貢米の運び出しが『新年』になっても続いていた。『これからの年貢は、換金して納めろ』と言われても、百姓たちには出来ない相談だった。従来通りの扱いで、上に任せる他はなかった。

組の新年会に、辰三夫婦もやってきた。時節柄、酒も肴も、倹《つま》しいものであった。元気に齢を重ねたことで、十分だった。

「チヨは、二人目やねぇ」

風邪気味で臥せっていたムツが、囲炉裏に近づき、起り火の加減を見ている。

「これは、よか炭やなぁ。正月用たいね。又一さんのモンな」

母の様子をうかがい、だまって頷いた。

「子供が多くても、チョウヘイされたら、生きては帰れねぇ。血を絞られてしまうらしか」

「わぁもそう聞いたばい」

「辰三は養子やけん、行かんでよかたい」

「そう考えたら、やっぱし男より女がよかたい」

安酒が効いて、利七の断定話が始まった。

「ガッコウやら、ヘイタイやら、お武家やった人たちが、すりゃあよかろうもん」

「今まで、俺たちの年貢で飯ば食うてきてくさ……」

相通じる不満話は、関わり合う網の目を伝い、たちまちに拡散したり、忍び寄ってきたりする。

『旧暦《いままで》の正月』を祝う頃は、干し上がった冬大根を、樽漬けする頃なのに、今年の正月では、生で翳《かじ》るほどに水水しい。

春は、目の前にあるはずだった。チラチラしていた雪が、弥生の雨に変わっていく流れがあった。

「ことしゃあ今からが本格的な寒さになるとばい」

生身の実感は、どこかに置き去りにされたままだった。

啓蟄が近づくと、ぬくもりを求めて命が動き始める。百姓も同じだった。

呼び出しの触れが回ってきた。畦町、本木それに舎利蔵の組頭が郡屋に集まった。

「田畠の持ち分整理はこれからばってん、持ち家周りの区分は大方の目途が着いた。これを元に、村の見取り図を拵えたい」

薄甫七戸長の話は、旬の挨拶などは省いて、いきなり本題になる。

「そげな事せんでも、みんな誰の家か分っとるばい。大体くさ、そげなもん作って何に使うとな」

「そげなもんがあったら、覗かれとるごとあって、落ち着かんやなぁ」

「今でっちゃ、表に名ば貼り出してくさ、どげんかあるばい」

「おれたちゃぁ百姓だけん、静かに暮らしたいとよ。近頃じゃぁ、子ぉ～ば学校に行かせろとか、ヘイタイに行けとか、どぉしてかいなと、みんな言いよる」

銘銘《めいめい》が、遠慮もなしに声を上げる。

「そう言うたっちゃなぁ、畦町の構口に立って見とってんやい。髷を付けた人は、ほとんどおらんごとなった。刀を差したモンもおらん。洋服を着た人たちも時々通るたい。世の中が変わりよるたい」

むきになって甫七が説いても、黙って従う者ばかりではない。

「そげんとはどげんでんよか。おれたちが知らんことが、なんぼ変わったっちゃ、よかくさ」

「ここで、今までのごと、静かに百姓ができれば、よかとたい。な、そうやろ。なんも、難しいことは言いよらん」

甫七は、往生してこちらに視線を送ってきた。ここの組頭たちが言っているのは、今まで散々に聴かされている苦情といえる。

見渡すと二十人近い頭のうち、物申す者は五〜六人だろうか。いつも同じ話題を、蒸しかえす者も見える。

「おい善助よい、舎利蔵は数が少ないけん、どげん意見でもまとまるかもしれん。ばってん、本木は多かけん、そげんはならん。一番大事なのは、まとまりたい」

「みんなが勝手に決めて勝手に動いたら、何もでけん。これだけの村全部をまとめるのも、やおぅなか。どっこも同じと思うたらいかんばい」

止《と》めたりは出来ない。みんなは自分の組の百姓を、一番大切に思っている。その心意気は、なくてはならない。

そこで、甫七が再び口を開いた。

「学校の問題やらチョウヘイについては、これから出てくるもんたい。そげなことに、今から慌てて、うて合わんでもよか。儂もお上の考えをよぉ〜く聞いとく。今日は、お前たちが今せないかんことを伝えるために、集まってもらっとぉ～とたい」

「おれたちの言い分は、山のごとあるたい。だけん、まずは庄屋（戸長）さんの話ば聞こうや」

平蔵の一言で善助は静かになり、多くが収まった。

「いいか。村の百姓たちは、自分の家と田圃や畑の『持ち主』になった。今までは、お殿様の持っておられた土地を、みんなで預かって耕しとった。そこから年貢を納めた。これは分かるな。そこの証明書（地券）に、場所やら名前やら書いてあろうが。これが大事たい。いいか、これば他人にやったり売ったりしたら、せっかくもろうた土地や家が他人様の物になるとぞ」

「今年は間に合わんが、次からは年貢ではのうて、自分の田ぁの持ち分に応じて、三分がと、銭で納めるごとなるたい」

受け売りだろう。細かな問いが出ても、直ぐには答えられない。甫七が急いで話す時には、そんな事情があったりする。

終《しま》えたと思ったら、別の話が続いた。申し立ても途切れており、戸長の方に余裕が戻っている。

「今年の豊作を祈って、村内の神社での御祈願を、みんな揃ってする。今までの暦が通用せんけん、誰だっちゃ心配しとるたい。よか雨が降るごと、みんなでお参りしたい」

異論を唱える頭はいない。よか雨が降るためなら、いつでも、どこにでも、お参りすることは厭《いと》わない。閉《し》めの話が、集まりの中へ共感を落とし、穏やかな会合に変わっていった。

珍しいことに、酒が出た。

膝を崩して盃を交わすうちに、口数が少ない頭たちからも、身内の悩みや戸長に対する本音が漏《も》れてくる。大方が風《どこか》で聞いた話であったが、身近な名が混ざれば、生々しさも伴ってくる。

「倅に嫁が来たのはよかばってん、おっかぁが呆けてしもうて、『こん人はあんたの嫁さんか？』て、俺に言うとやもん」

「村の中をウロウロするけん、嫁が引き止めたら、杖ば振り回して、嫁の顔に当ってくさ……、やおいかんたい」

「お前ん方《がた》だけじゃなか。どっこも同《おんな》したい。うちの隣は、子が産まれても育たんちゅうて、爺婆が悔やむとたい。表粕屋の八幡さままで、願掛けに行くらしか。銭がいると、嫁はたまらん」

畦町の中で、百姓だけやっている栄二は、裏作の野菜作りに熱心で、宿場の店で買ってもらっていた。元の鳥巣村の畠を継いできた。

「川や堤から遠ぉして、米には向かんとよ」

「代わりに、大根やら青菜はよ〜ぉでける」

「土が肥えとるとやろな」

「そうやろうねぇ」

何気ない話は、夕餉を準備する山里の煙のように、穏やかに流れていく。周りをあまり疑わずに黙々と生きる村人たちばかりだった。

〈お上は、何を望んでおられるのか〉

甫七の話が甦《よみがえ》ってきて、戸惑いのような気持ちを覚えている。

確かに、読み書きができる百姓はとても少ない。それでも、己の喜怒哀楽や意志の伝達などを、言葉や身振りで、分かりやすく素早く表現できる。誰にも劣らない記憶力も、持ち合わせている。それで不自由はない。

他所《よそ》を多少なり知る者ですら、そんな自分たちの生き方を変えるつもりはなかろう。


穀雨を過ぎて八十八夜になっても雨が降らない。各戸長が音頭をとり、必死の雨乞い参りが繰り返される。

立夏《りっか》の日、八幡さまのお参りには、勝次の組で当たることになった。例年《いつも》であれば、適度の湿り気が境内にあって、樹々の冷気に迎えられる時季だった。さらりとした足裏の感触からは、窪むほどの土の粘りは伝わらない。桧も樹皮が乾いて、水気を外に漏らさない締りが感じられる。

下の鳥居から社《やしろ》まで六十段ある。裸足になって一段ずつ上り、下ってはまた上る。拝礼をする度に、一尺に整えた稲わらを、一本ずつ祭壇の横に並べていく。手持ちの五十本が終わると、もう一度繰り返す。終わった時には、全員が汗まみれになっていた。最後は揃って「二礼・二拍手・一礼」をして、納めとなる。

鎮守に響くこの日の拍手《かしわで》は、見事に共鳴していた。願いが重なる証《あかし》だった。

「今日で、何日目かなぁ」

「しかし、降らんなぁ。あんまり降らんやったら、これば藁人形にせないかんばい」

「そげなことしたっちゃ、降らん、降らん」

「こうなったら、降るまでやるばい」

竜吉の言い方には、「必ず雨がふる」という、思い込みが滲んでいて、それがみんなを勇気づける。

近いうちに、宗像の在郷戸長も、田島さん（宗像大社）まで全員で行って、盛大な雨乞いをすると聞いている。

「こげん降らんこつが、あろうか？　新暦のせいじゃなかろうか」

「あんまし乾いたら、ちーと振ったっちゃ、屁のつっぱりにもならんたい」

「降りすぎてもいかんばってん、こげん降らんともなぁ」

「どぉ〜してかいな？」

「堤はどっこも干上がって、本木の川まで水が少のぉなっとる。山向こうも、同《おんな》しらしかばい。

西山全体が悲鳴を上げとるやなぁ」

「苗床の段取りまでいくやろか？」

「田越《たおこ》ししようにも、土が固《かと》うして、犂《すき》が入らんばい」

「困った、もんたい」

組頭として、これほど無力を感じるときはない。一緒に案じることは出来るが、天地を返すような技はない。おそらくそんな力は、天子様でも持ち合わせてはいまい。

懸命にお祈りして、根付けの準備を怠らず、組内の不安が大きくならないように、踏ん張って耐えることしか思いつかない。

〈自分が動顛《どうてん》したら、村が壊れていく……〉

そんな『思い上がり』に、支えられていた。

〈お天道様も、重たいくさ。その内に、パラパラくるやろう〉

そんな冗談も、呑み込んでしまう。

2

ついに、芒種《ぼうしゅ》の候となった。

本来であれば、雨がしとしと下りてきて、総出の根付けやその準備に、村中が湧いている筈だった。

村人たちの顔からは、陽の気分が徐徐に失われていく。あれほど祈っても、あれほど願っても、露ほどの湿り気も下りてきてはくれない。

空を見上げる気力すら、失せていくようだった。渇水や洪水の後に来る飢饉を、肌身で知っている村人たちは、恐怖の再来におびえはじめている。

脇野弥三郎の呼びかけで、近在の戸長が集まった。薄甫七、城戸久三郎、中川太久郎それに今林孫十郎が揃った。郡屋の大広間に向かう土間には、各村からの組頭が控えていた。

「これだけ雨が降らんちゅうことは、滅多にあるもんではない。田圃は元より、麦の取り入れや野菜作りも、どうにもできん。福間浦の漁の方も、潮が赤く汚れて、魚が寄り付かんらしい。県令のお役人からの話では、県内の全てで降っとらんらしい。川が遠いところでは、枯れた井戸も出てきよるらしか。今日集まってもろうたとは、各所での雨乞い参りに精を出してもろうた、みんなの意見をじっくり聞かせてもらおうということや」

弥三郎の表情には、窓から見えるホコリのような乾きがあって、言葉に重さが感じられない。

「お前たちが、毎日のように願掛けして、精いっぱいの働きであることは、儂たちはよぉ〜く分っとうとたい」

無口な久三郎の、初めて聴く意見である。

大庄屋だった先代とは違い、何事にも控えめな性格と聞いていた。それだけに、このような『舞台』に立てば、『背伸び』のように聞こえる。同じ歳であった。

甫七も太久郎もそして孫十郎も、みんなの意見を聴こうと、静かに座っている。

追い詰められた者たちへ、慰めは言えても、具体的な見通しは迂闊《うかつ》にも言えない。現実を見つめ悩みを吐露する戸長と、安易な若戸長。そして、じっと見守ることで苦慮している戸長が座っていた。

「昨日、大きくて、真っすぐな雲が夕方見えた。暑くなったら雨が降ると、思うばい」

「今んごとして、準備をしておけば、その内くるくさ。そげん思うとこうや」

楽観的な意見は、いつも出る。しかし、それで元気づく者たちは、この場にはいなかった。どんなに厳しくても、自然の掟には逆らえない。『手の施しようがない』苛立ちが、『諦め』などの事態を招かぬように、上に立つ者は思案している。一人として、手を上げ、意見する組頭はいない。こんな時に、必ず立ち上がる舎利蔵の善助や八並の平吉も、黙って座っている。

実のところ、次の日に雨が降った。

日差しがあって、洗い物をゆっくり取り込む程の雨だった。女たちは、空を見上げた。雫なのか涙なのか、顔が濡れる歓びがあった。『これで、やっと……』と、期待する者は手を広げた。が、これがどんな雨なのか、百姓たちは表情を硬くして見上げている。

願いとは違う雨である。

ある日から、湿り気がジワリと腰に来て、この空気に押さえつけられ、燕が地面を舐めるように飛ぶ。やがて蒸すような、しかも若木の葉の匂いを炙るような気配で、遅れたのを詫びるようにやってくる。しと・しと・しと・と……、ゆっくりとゆっくりと、落ちてくる。

藁屋根をたっぷりと濡らした雨が少しずつ纏って、軒下に落ち、音になる。そこに水の窪地が並びだす。その時になって、百姓たちは自分たちの出番が来たことを、本能的に感じるのだった。

この雨では、庭先の犬や猫たちも、大きな欠伸《あくび》で応え、庇《ひさし》の下に隠れようとはしない。

「涙のごたる雨たい」ムツが呟いて、ため息をついている。

予期せずに平蔵がやってきた。思いつめた面になっている。

「こげなこと、お前に言えた義理ではなかとばってん、俺だけん言えることもあるたい。黙って聴いてくれ」

「良縁ちゅうて世話して、酔狂者《すいきょもん》の安二郎やった。挙句の果てが、とんでもなかことに……。シカにも、お前にも申し訳なか」

「平蔵が断ることではなかばい。しょんなか（仕方ない）たい。縁がなかったということやろ。わぁは座り親としての、始末をつけただけたい」

「シカは今、呆《ほお》けたごとなっとる。小吉も辰三も、病気にならんやろうかと心配しとる」

辰三に聞けば、気不味《きまず》さが高じて青柳宿には戻れず、二間だけでは小吉たちも居場所がないと言う。

「わぁもそれくらい知っとるばい。心配たい。時間が薬たい。それと雨なっと降れば、根付けの仕事で忙しゅうなるやろ」

「勝、他人事《ひとごと》みたいに言いなんなよ。俺がなんで来とうか、お前はわかっとろうが……」

「子守か、飯炊きでよか」

真剣にこちらを見つめている。

座り親を交代して、シカが嫁いできた。戸長たちへの根回しを、すべて平蔵が差配し、身内だけの盃だった。

辰三が本物の舎弟になったと、喜んでいる。

シカは、トシと名を改めた。理由は、訊かなかった。

十二　騒擾《そうじょう》が聞こえる

1

田植えの時季になれば、夜明けは相当に早い。だが、ここらの百姓はそれよりも早く目覚める。見坂の窪地が赤くなり始める前には田圃に着いて、まずは一服する。点在するキセルの火を、『明けのホタル』と洒落れた者がいたらしい。漲《みなぎ》った水面《みなも》が、黒からの輝きを増しやがて白くなり、さらに朱くなっていく。

やおらキセルを納め、ようやく背筋を伸ばす。

一日の段取りが胸に納まって、手練れた者たちは一斉に動き出す。これから長い日差しが、滞らずに隙間なく流れていく。空も、風も、木々の緑もそして鳥たちの囀《さえず》りさえも、根付けに励む者たちを懸命に応援している、はずなのだ。

だが、今年は違った。

「勝次はおるか?」

「あれ、弥吉兄さんじゃなかね。どげんしたと?」

トシの大きな声が、納屋まで聴こえてきた。

新しい命を育む水をたんと吸っている筈の籾《もみ》をむなしくもみ、納屋にしゃがんでいた。弥吉の声に出ていくと、草履の紐も解かずに、トシが差し出す竹の柄杓《ひしゃく》を銜えている。急いで上ってきたのだろう。

「雨が降らんけん、往生しとるたい。今日は見坂越えやったか?」

「山向こうも、降りよらんばい。しかも、福丸辺りではえらい米の値が上がって、乾物との交換もようでけんと言う。これじゃ商売にならんちゅうて、てぼ振りがはらかいとう(怒っている)たい。」

「今年やあ、今から田植えしても不作じゃろうと、目取り(相場師)たちが値を吊り上げとうらしか。そげな噂ば聞いたとこたい」

「なんか、困ったご時世やねぇ。そげん風《ふう》でちーとばってん、干物ば持ってきた。てぼ振りのばぁさんたちが、お前によろしくて言うとったばい」

「日が長いもんで、商いの方は助かるたい」

「俺たちも、本なごと、やおいかんたい。根付けがでけん」

トシが土産を嬉しそうに受け取って、何かを取りに奥に引き込んだ時だった。

怪訝な顔をして三和土の外に、弥吉が手招きしている。低い声だ。

「何か、大事《おおごと》が起こっとるばい」

「なんな?」

「福丸で勘定しよったらくさ、馬に乗った浪人のような薄汚れた奴がゼイゼイいうて来てくさ、飯塚の宿辺りで大騒動になって、大きな庄屋や郡屋が何軒も打ち壊されとる、て言うとたい」

「えっ?　なんな、それは」

「ようわからん。あっちから言うばっかしで、こっちからは聞かれんやろう。そんでも、こんな奴の言うことを聞いとったら、百姓たちが大勢で騒いどるらしか。襲った所で無茶苦茶しよるらしか」

「そん奴は、水ばガブガブ飲んで、何か食い物は無いかちゅうて大騒ぎして、犬鳴峠《いぬなきとうげ》の方さい（へ）走って行ったたい」

「兄さんの話は、どこまでがほんなこつか、分らんもんなぁ」

「なんば、言いよっとかぁ。これはほんなこったい。間違いなく聴いたとたい」

「こっちにも、来るぞぉと、言いよったばい」

「どっこも、じぇんじぇん（全然）雨が降らんらしか。そやけん気が狂う奴もおろうばってん、打ち壊しまでするとはなぁ。本当《ほん》なことやろうか?」

「それを言う奴を、俺が見たとたい。それは嘘《すらごと》やなかたい」

「『出てこん家ば焼くぞぉ～』ちゅうて、他の百姓を脅かしたら、ぞろぞろ出て来るらしかばい。竹槍やら鉈ば持って……」

「用心しとけよ。ここにも来るばい」

「これは、うちの頭にも教えないかん。どこに来るか分らんやろ」

心配で、畦町から上って来たのだろう。話し終わると、トシには声もかけず、バタバタと出ていった。

弥吉が来たのは、明治六年（癸酉）六月十八日の宵の口だった。

『胸騒ぎ』とは、こんな感じなのか。

最近の善《よ》からぬ噂話に、百姓たちは妙に怯《おび》えている。苦しめられることには慣れてはいても、見えない事態への不安は、一切が想定できず、抵抗もできない。精精《せいぜい》、法螺話《ほらばなし》を交えて、うっぷんを晴らすだけだった。明治になって、それがずっと続いている。

苦悩する百姓たちに、『生き方の道しるべ』を、誰も教えてはくれない。

このところ、上の者たちへの物言いが、荒くなってきている。雨が降らないことへの『苛立ち』だけとは思われない。何かに揺り動かされている、気配を感じるのだ。自分でさえ同調しているかもしれない。無気味な青嵐《あおあらし》が絶え間なく吹きつけている。


忙しなく辰三が来た。

「昨日、小吉父っさんに会うたばい。元気でぇ、よか、よか」

思わず口にした、戯言だった。

「こげんときになんば、呆《とぼ》けば言よるとね。大事《おおごと》ばい、兄さん」

「こりゃあ、一揆ばい。大騒ぎじゃなか、一揆たい」

「お前まで、なんば言うとや。さっき、浜の兄さんが来てくさ、山向こうで大騒動が起きとるちゅうて、言うとたい。騒動ば見てきたモンに、会うたらしい。打ち壊しやら、大変らしい。百姓も、ぞろぞろ出てきよるらしか」

「兄さん、そこまで分かっとったら、どげんするか、早よう決めないかんばい。こっちに来るばい。これたちは、火が熾《つ》いとうとよ。みんな麻疹犬《はしかいん》たい。何するか分らんげい」

「なんで判るとや?」

「いいな、俺が聴いたとはついさっきや。赤間から来た飛脚やった。こいつらは『お城を攻める』と言うらしか。筑前のお城は、博多にあるとばい」

「飯塚辺りから弾けて、昨日は鞍手辺りまで来とるらしか。お役人もだれも、手が付けられんらしか。やりたか放題たい。八方に散って、西川村《にしかわむら》から猿田峠《さるたとうげ》、そして若宮辺りから見坂の峠に押しかけよる。そやけん、間違いなく来よるとたい、こっちにも来るとたい」

「とにかく、庄屋の屋敷や酒屋・醤油屋など大きな構えの家ば、片っ端から打ち壊したりして……、それがどんどん拡がって来よるげな……」

「兄さんが、弥吉さんから聞いたことは、ほんな話したい」

辰三の話は続くが、弥吉が言う具体的な見聞《みきき》に依るものではない。しかし、どこか共鳴できて喚起させる、切実感が伝わってきた。弥吉よりも、真に迫っている。

「なんでか、詳しか話はあとからでっちゃよか。とにかく、兄さん何か考えんと、いかんばい。うちの頭にも言うて、みんな集めろうや。そげんせんと、大事になるばい」

2

八幡様の杜は、宵闇《よいやみ》に包まれている。ここまで来る僅かな時間を、『重い草履』を履いているかのように、ゆっくりと歩いてきた。神妙な顔付きだったに違いない。

トシは送り出す際に、ひと言も語り掛けなかった。「今から、一体何が起こるのか」、様々な場面が胸元を巡っている。一切の抵抗をせずに、近在の山に散って、遣《や》り過ごしてしまえば、多くの家が焼かれてしまう。抗えば、怪我人だけでは収まらず、命が失われることもあるだろう。

またこの騒動が、一体何をきっかけにして、あるいは何を求めて走り出したのか、それすら判らない。「どうにでもなれ」とわが身を放り出すには、あまりにも多くの繋がりと足枷《あしかせ》に縛られている。ある瞬間だけ、身体が浮くようなカラクリの中に、飛び込んで行きたかった。

一体何が迫って来るのか、なにが起ころうとしているのか、何をすれば最良なのか、鼓動するように胸騒ぎだけは高まっていく。

若い裸足の男たちに何度か抜かれた。足元は覚束《おぼつか》ないが、いつも往復している者たちには、小さな灯りさえあれば、障りはなかった。

辰三が平蔵に声を掛け、そこから九平や孫六を通じて触れ回った。境内には、すでに張り詰めた気配があった。賽銭箱の前から狛犬《こまいぬ》辺りまで、鍛えられた身体の男たちが、待ち構えている。

竜吉、利七、源次、六次郎、仁左衛門、傳蔵、彦市、伊六、惣作、甚平、善五、傳八、長九郎、清市、徳三、吉三郎の顔は、判別できた。その後ろにも、倍する男たちが、眼《まなこ》を怪しく光らせ、じっとこちらを睨んでいる。

突然の触れが回ってきて、何か大事《おおごと》が起こったと、見極めている顔たちだった。

平蔵が拝礼殿の階段に進み出て、息を殺している。言い出しが間を作り、集まった者がさらに注目している。

「はっきりしたことではないが、山向こうで大騒動が起こっとるらしか。中身は分らん。しかし、百姓たちが大勢で打ち壊しに加《か》たっとるらしか。方々に拡がって、こっちにも来るやろ」

「今うちの親方が言うたごとばってん、わぁが聴いたとは物凄い勢いで襲ってくるらしかたい。とても一つの村で止められるような勢いじゃないらしか。お役人も手が出せんちゅうて、聞いた」

辰三が、繋いだ。煽《あお》るような言い方ではなく、平蔵と同じよう抑《おさ》えている。

火が点けば、直ぐに燃え上がる熱気が境内に充満し、それに押し返されたようだった。

それを聞いて、馬子をやっている傳蔵が直ぐに反応する。

「今日、赤間までやったが、みんなそわそわしてくさ、『俺たちも、俺たちも』て、言うとたい。何か浮いとるとよ。ありゃ〜怖かばい」

「大穂《おおぶ》辺りでは、若いもんは、竹槍やら鉈なんかば、用意しよる。年寄りは、握り飯やら作りよる。不気味なもんたい」

それらの話を聴いて、最前列にいた年配の彦市が続いた。

「わぁは、よう分る。これは、世直しばい。よかよか、やっちゃろうやないか。明治ちゅうたっちゃ（言っても）、なんもよかことはなか。新しか暦《こよみ》になって、雨は降らん。吾《わ》ぁたちが作った米が、高こうして買えんし、喰えん。世の中、おかしかばい。こんままじゃ、この村を若いもんたちには譲れん。平蔵、やれっ。俺は着いて行くばい」

「そうくさ、お殿さんがおらんごとなって、お上が何しよるか、さっぱり分らん。大騒ぎしたら、雨が降るかもしれんばい」

「大きなことば起こさんと、誰《だ》ぁれも俺たちのことやら、分らんとばい。おらぁ～、決めたばい」

「学校やら兵隊やら言う前に、そげな金があるなら、年貢ばたいそう減らして欲しか。みんな、そげん思うとるやろ？　おかしかばい」

「騒動が起きても、やっぱ当たり前くさ。みんな何ぼでも我慢しとるとやけん。おらぁ行くばい」

「まぁ、待て。世直しちゅうたっちゃ、何ば変えたいとかいな？　そこが分らな……」

〈ここで、火が点いてしまえば……〉

不安な気持ちは、治まらずにいた。

集まった男たちは、それぞれが自分の意見を繰り返す。不満の根っこは同じなのだろう。段段と増長していき、そこに日常の不安や、上に立つ者への不満が、幾重にも重なりあって、拡大されていった。

年配の声も混ざっている。喧噪《けんそう》が大きくなって、収拾がつかなくなった。

中には、醒めた眼で周りを見つめている者もいた。ひと言も発せず、異様な目つきで腕組みする輩《やから》もいた。

そのとき、最年長の竜吉が最前列から両手を広げて、集まった者をいったん鎮めて、徐《おもむろ》に口を開いた。

「こん村は、今までどげな苦しい時でも、みんなで力を合わせて生きてきた。洪水が来ても、雨が降らんでも同《おんな》しやった。それで、何とか生きてきた。今度のことが、一揆やろうが、騒動やろうが、それでみんながばらばらになったら、この村を作ってこらっしゃったご先祖に、申し訳なかたい。ばらばらは、絶対いかんばい」

高揚した口調になっている。普段無口な長老は『結束が大事』だと、張り上げた。

それで集まった男たちの熱気を削ぐことなど、適《かな》うはずもなかった。

「いま竜兄いが言うたごと、お前たちだけには、せん（しない）ばい。どげなことが起こっても、みんな一緒たい。分ったな」

平蔵が声を荒げて、同意を求めている。

「お前たちの気色《きしょく》（心持ち）も勢いも、わかった。俺たちも同《おんな》したい。そばってん、竜兄いが言うことも、ほんなこつや」

くどい言い方になっている。それ以上に宥《なだ》める言葉を持ち合わせてなかった。

「とにかく、今日はこれまでたい。明日になったら、また何か判るかもしれん。俺たちが持っとる知恵ば、全《ぜ》ぇ〜んぶ集めとく。よかな？　勝手なことは、許さんばい」

「おぉ！、おぉ！」と、大きな声が八幡様の杜を震わせたが、中には一言も発せずに、思い詰めたように立ち去る者もいた。

　あおられて暗いうちから早駆けする者もいるかもしれない。

　組頭が話し合って、別れたころには、十九日になろうとしていた。そこに、薄甫七に仕える散仕が小さな書付を持ってきた。

「弥三郎親方から、うちの親方あてです。赤間の調所に詰めておられ、動けんそうです。夜駆け速達便でさっき着きました。畦町の薄戸長と久末の城戸久三郎戸長。それに勝次さんと八並の組頭万五郎さん宛となっています」

　肩書に、甫七殿気付とあって、勝次宛となっていた。

『飯塚の騒擾は深刻、要対策。萬の百姓、近く兇暴の限り。見境之無。来るは必定。心得民の無事。結束之有るべし。同文亀呂来（記録）……弥三郎』

　これで、確信となった。急いで畦町まで走った。夕刻からの経緯をすべて甫七に話して、弥三郎からの書付を読み込んだ。

「中身は、何もかんも気に入らんちゅうことやろ。大変な数が押し寄せてきよるらしかなぁ」

「勝次、これは止められる沙汰じゃないばい。お前が言うごと、ばらばらにならんごとせな。こげん時は、『勝手なことすれば村八分するぞ』ちゅうて、脅かしたっちゃよか」

「ちーと暴れたっちゃ、よかばってん、他所に行ったら火付けやら物盗りやら、のぼせる（増長する）奴が必ずおるたい。勢いがあるけん、止めさせるのは、やおない（難しい）たい」

「組頭と何人かで、目付役たい。お前も行け。さっき八並の万五郎には、お前が居って村を見張れと、言うといた。他の組頭が行くやろう」

「ここに来たら、何とか気張って遣り過ごすたい。この暑か時に、ぶるぶる震えがきたばい」

厳しい受け止めと、何とか村を守っていく気概は十分に伝わってきた。目上の者から『村八分』などと、これまで聞いたことはなかった。

見坂の峠道に、十九日の光が差し始めている。

3

「どっ、どっ、どっ……」

「どっ、どっ、どっ……」

物凄い数の男たちが、乾いた坂道を駆け下りてきて、舞い上がる砂塵が、人影を隠している。

竹槍や、何かが書かれた大きな幟は良く見えた。

「見坂峠の方から、騒々しい男たちが下りてくる」と、女房達が最初に騒ぎ出して、飯を炊く竈の火を慌てて消した。

「なんやぁ～、これたちゃぁ～」

辰三が、息を殺して、佇んでいる。圧倒的な勢いに押されて、何も出来ない。止めるとか、押さえるとか出来ない、滅茶苦茶な騒動が目の前で展がっている。儀三郎の倅の広造が飛び込んできて、一緒に駆けつけた。途中で孫六に会って、引き連れた。

「どぉ〜ん、どん、どん、どぉ〜ん」

「がちゃぁ〜ん、がちゃぁ〜ん」

「いけぇ〜、何でも壊しちゃれ、これたちゃ、何ぼでも儲けとるカスっちゃ」

数えきれない、全く知らない男たちが、奇声を上げながら、本木村保長の中村儀三郎の家を襲撃している。けたたましく叫んでいる言葉の抑揚《なまり》が、ここら辺りとは明らかに違う。

戸障子を打ち壊し、屋敷にある物は本箱・書類箱それに箪笥など、悉《ことごと》く庭に放り投げられ、中身が散在している。土で薄汚れた女物の晴れ着を纏って、踊り狂う形《なり》をする男もいた。農作業で使う鎌や鉈、それに掛矢《かけや》まで抱えている。竹槍で庭先の干し物を突き破り、背中に担いで奇声を繰り返す者もいた。夢の中でも見ることがない惨状だった。眼目の、色と座りが揃った狂人の塊に、無残に砕かれている。

「文句ある奴ぁ〜っ、ここに来い。打ち殺しちゃる」

「お前らが言うこと聞かんなら、焼き討ちじゃっち。よかか?」

「コ〜ン、コン様じゃぁ、俺たちゃぁ〜コンコン様よ」

「コンコン様は、お酒が大好きじゃ。ここの酒が飲みたいと、さっきから、言うちょるき、ここへ持ってけぇ」

八幡様に集まった者たちも、見つめている。

身丈を超える槍を振り回していた、ひときわ大きな袴男が外に向って、何やら叫び始めた。

「間違ってしもうちょるのよ。お前たちもそう思わんか。お前ら米が取れんで、年貢をどげんして納むるっちゃ？　いまのお上は、それでも払えちゅうき。おかしかろうが……」

「こん家《がた》のもんば見てみい。こげなの上物《じょうもん》の晴着《べべ》も、お前たちの年貢がちょくっと化けたとよ。おかしかち、思わんかぁ？……」

取り巻く村の男たちを、煽《あお》りつけ唆《そそのか》す叫び声だった。拳を上げて雰囲気に呑み込まれる者もいる。意味は不明であっても、点《とも》るに十分な火力が感じられる。

女房や年寄り子供たちは、教えの通り西法寺の裏山に隠れている。

「これはなぁ、騒いでお終いじゃないき。これからお城まで押し寄せて、俺たちのこの気持ちを分からせるとたい。誰もしきらん大仕事たい。こげん言うたっちゃ分からん奴は、おいがこれで突き刺しちゃるき……、家を焼いたっちゃよかとやき……」

「勝次、行くばい。俺も行くばい。こらぁ〜、世直したい。わぁ〜は行くばい。じっとしとれん」

横にいる穏やかだった彦市の顔が、別人のように上気して、声は低いが明らかな反応があった。

「このまんまでは、俺たちも、ねまってしまうかもしれん。それよか、これたちが言うごと、おかしかと言うて回ろうや」

この仁右衛門は、若いがしっかり者と、九平が聞いたことがあった。

大男が、さらに威嚇《いかく》を始めようとすると、いつのまにか畦町の利平が来て、納屋の近くにいた士族風の男に紙切れを渡している。

「おい、飯だ、酒だ。腹が空いたら勝負にならんちゃき、いくぞ。こん下の畦町は宿場たい。飯も酒もあるきに。行くぞ」

槍男の反応も早かった。

「飯が先たい。行くぞぉ〜、行くぞぉ〜」

百人をはるかに超える暴漢が、一斉に駆け出した。そして、銘銘が口を揃える。

「ぼさっとするな。おっしょい、おっしょい……」

「若ぇモンは、ぼさっとするな、おっしょい、おっしょい……」

「コ〜ン、コン様じゃぁ、コンコン様も、酒が好物やき、行くぞぉ」

「おい、こっちや、こっちや、畦町はこっちばい」

辰三が見事な機転を働かせると、物凄い勢いで暴徒たちはその後を、ひとり残らず駆けていった。

「人の動きじゃない。あいつらは、狼か狐の化け物ばい」

村の男たちは、立ち尽くしていた。

「甫七さんから、『何とかこっちの宿に尾引き出せんやろか、そしたらちぃとでも、収まるやろう』と、頼まれたとです。えずぅして、えずぅして(恐ろしくて)、生きた心地がせんかった」

利平は『役割』を果たして、ガタガタと震えている。

「どっ、どっ、どっ、……」

見送ったかと思えば、そのあとからさらに大勢の群れが雪崩れ込んできた。新たな地響きの群れは、同じ道を駆けていく。

「こっちや、こっちや、おっしょい、おっしょい、おっしょい……」

掛け声を発し、畦町の方へ何かに導かれるように下りていく。竹槍、鎌、鉈などを無造作に担いでいる。

ほとんどが頬被りして、前だけを見ている。時々こちらを振り向く者がいる。気味悪く薄笑いしている煤けた顔は、仮面をつけている物《もの》の怪《け》と感じられた。

塀を構える大きな屋敷は、打ち壊されてしまった。集まった百姓たちに、治政の理不尽さを叫びかける。それは、身近な不満と共鳴していく。

「年貢をまけろぉ～、払えるかぁ～」

「チョウヘイやら、知らんぞぉ～」

「学校は要らんばい」

「雨を降らせろぉ～、暦が悪い」

「お殿さんば返せぇ～」

「何でも、もとのまんまがよかぁ～」

「解放令やらいるもんかぁ～、そのまんまたい……」

そして、さらにさらに脅誘し、多くの賛同者がうまれつつあった。

まとめて発つのは、六月十九日未明戌《あけのまえい》の刻と組頭同士で構えた。突然の破壊を目の当たりにして、浮足立った者たちが、三々五々八幡様に屯《たむろ》し始めた。指示もないのに、竹槍や鉈などの『武器』を携えている。『村の結束』が必要だと繰り返し訴えてきたが、それ以上に血気の方が滾り始めた者もいた。昨晩ほどの騒《どよ》めきが無く、それが却って気味悪く思われた。

八並の村で、脇野弥三郎の家が破壊されたと、伝わってきた。

「畦町の宿でも、やりたか放題たい。酒は飲むは、飯も喰い散らかしたい。賄の女中たちが適当にあしらっているが、恐恐《こわごわ》たい」

先ほど戻ってきた辰三が、興奮して報告している。それを聞いて、騒動の狙いを見定めていた。

弥三郎が認《したた》めた『見境之無』を、思い浮かべていた。

八並の連中には、青柳宿あたりで合うことを、甫七から伝わるように、一応段取りした。

東郷から村山田に流れ込んできた男たちは久末の庄屋を襲い、上西郷辺りまでの百姓を扇動して、西郷川沿いを浜の方に下って行ったらしい。それを聞いて、弥吉たちのことが頭を過った。

八幡様を背に、百人を超す男たちが集まった。異様な熱気は、体中から滾らせている。造作したばかりの竹槍は、どれも先端が鋭利に光っていた。天秤棒や大きな草刈り鎌を持つ男もいた、鉄炮も見えた。この形で境内に入るのは、さすがに憚《はばか》られた。

「勝手はするなよ。俺が先に行く」

暗がりになり始めた細道に松明が進む。短い竹槍を持ち先頭に立って本木川へ下っていった。そこからの登りは、イモやキビが取れるうねった畠道になる。

日吉神社に着いたら、六十人近い内殿の男たちが待っていた。組頭の藤次や多吉も見えた。水飲み場から、旦の原を抜ける頃には、二百人ほどの集団になっていた。八並の組頭を努める作次郎も卯二郎も、弥三郎の気持ちは伝わっているはずだ。

騒々しい群れが追いついた。強烈な酒の匂いをさせ、訛《なまり》が違う男の集団が急き立てる。辰三が畦町宿へ誘った一団と、同じ訛が聞こえる。

「うめぇ～酒やったき、元気がでたばい」

「おめぇ、にあがって、あのオナゴと何しちょったぁ」

「そげんこつは、おまぁに言われんたい」

「よか、オナゴやったぁ～」

「大けな太腿《ももど》やら、柔《やわ》い乳ば押し付けて、酒を注ぐとやもん。たまらんき」

「お前だけ、なんかぁ？　そりゃ～ぁ。叩《しば》くっぞ」

甫七親方の巧みな捌きと、状況を弁えた宿のごりょんさんたちの、心得た振る舞いが想像できた。

4

鷺白橋に着いた頃には、久保村の方からの群れと合流。新原《しんばる》辺りでは、浜伝いに来た物凄い数が溢れて、見慣れている青柳の宿場に辿り着けなくなった。庄から新原にかけて点在する、松明と思われる灯りが、なかなか流れていかない。これが群衆の勢いにさらに弾みをつけた。群れる者たちの叫び声が、行く手を遮られることで、摩擦を生じて加熱させられていく。それは、『御輿《みこし》』を担ぐ若衆が陶酔境に陥ちていくのに似ている。

「おっしょい、おっしょい、おっしょい……」

「おっしょい、おっしょい、おっしょい……」

「おぉ～い、どかんかぁ、先に行かれんぞぉ、早よう行かんかぁ。夜が明くるぞぉ～」

「邪魔になる家は、直ぐに崩せぇ～、行かれんぞぉ」

青柳宿にある醤油屋も酒屋も壊された。宿場中に酒や醤油の匂いが立ち込め、これがまた、散散たる姿になっていた。一方で、酒や握り飯などの接待も見える。

「おめぇら、これ喰うたらくさ、こん先に美味い酒があるたい」

言っているのは、赤間宿で見かける男だった。「もしかして」と振り返ったら、そこに八並の卯二郎が立っていた。

「おい、作次郎も一緒か？」

「おぅ、勝次、探しよったばい」

「たった今着いた。凄い数やなぁ。うちのモンもびっくりしとるたい。こりゃ～百姓ばっかしやなかなぁ。何か、祭りのごとなっとるなぁ。なんかいな、こりゃ～」

「甫七親方から、何か聞いとうか？」

「聞いとるばってん、うちのモンは『行けぇ、行けぇ』ちゅうて、のぼせ上ってしもうて、よっぽどの不満があるとやろう。弥三郎さん方が壊されて、加勢したバカチン（バカ者）までおるたい」

「よかたい。こっちに一緒に来い」

筥松屋の裏手にある、問屋場の荷捌き場に作次郎と卯二郎を連れていった。本木や内殿の元気モンが集まっていた。

「やる気は、よか、よか。行先はお城ちゅうこったい。まだ五里も六里も先じゃあ。しかもこれだけの数じゃあ。まとまって、慌てんごと行きたか。よかな」

酔っぱらった元武家らしい男が、立小便を始めた。

「そげんとこで怖気《おじけ》づかんで、もちっと酒ば呑んで気張れ。そせんと世の中は変わらん。これたちば、見てみい。みんな不満やき。何に不満ちゅうか、色んなことよ。なんか、いいことあるか？」

縺《もつ》れた足取りは、威勢よく飛び出す言葉に反して、危なっかしい。見る間に暗がりに崩れて、その場で動かなくなった。誰かが、様子を伺おうとすると「うてあうな（相手にするな）！」と、恫喝する声が聞こえた。

「これから、俺たちは一緒に動くばい。他所《よそ》のモンの世話やら、心配やらは、どうでっちゃよか。いいな。これは弥三郎親方の考えでもあるとたい。中には、逸《はや》っとる若いモンもようけおる。そいつらに勝手な真似させんごと、俺たちが連れていく。よかな」

組頭の作次郎が、大きく頷いて、横にいる平吉も聴いている。

「打ち壊したっちゃ、しょんなか。その勢いは止められるもんか。一揆じゃやけん、しょんなかたい。世直したい」

「まだ、取り返しが、どこかでつく。そげぇ思うとこう。ばってん、取り返しがつかんとは、命たい」

「一緒に行くぞ。いいな。それと、ここで働いとる下男が、浜の弥吉から預かった書付をくれた。それによると、福間浦も相当の数が動いとるらしか。この先に行きよるとやろう。何かまた報せのあるかもしれん」

「鞍手や飯塚のやつらは、出来るだけ先に行かせろ」

「分かった、分かった、兄さん分かったばい」

合点の声を上げたのは、居るはずのない辰三だった。

「なんでお前がここにおるとや。なんやぁ、啓二まで。おまぁらは、村に残って村の面倒見じゃろがぁ……」

火付けなどの大事が起これば、平蔵たちだけでは難しい。そこで、行きたがる何人かを置いてきた。

「頭たちだけじゃなかとばい。俺もいっぱしの男ばい。我慢できんこともあるったい。親父にも言うて、辰兄いに付いいて来た」

本気の語りではない。「若気の至り」と、竜吉は息子の性分をいつも窘《たしな》めていた。

「お前ら、ここはそげん軟《やわ》な所じゃないとばい。見てんや、この散散たる有り様を。これたちゃ〜普通じゃなかと。狂っとる奴もおる。この男みたいに酒で崩れて、ぐちゃぐちゃになった役立たずも混ざっとる。そりゃぁ〜俺たちも今じゃ一緒ばってん……、だけんここから帰れ。あとは任せろ。心配すんな」

「兄さん、そげん言うたっちゃ、先が分らな、いかんめぇもん。わぁたちゃ〜は何んも持たんで、啓二を連れて、先に行く。足も早やかばい。その様子ば、出来るだけ教えるたい。任せときない。

勝手にするとやけん、知らんかぶりするとばい」

「こんこつ（このこと）は、平蔵も知っとるとな」

返事もなく、止める間もなく、暗闇へ消えてしまった。


《明治六年（癸酉）六月十五日。筑前嘉麻郡高倉村（現飯塚市庄内町高倉）の日吉神社には、〈七昼夜の雨乞い祈願〉で、多くの百姓が集まっていた。その境内から南東方向に見上げる金国山（標高四二一メートル）は、眺望の良い尖った山で、福岡藩（筑前）と小倉藩（豊前）の境界をなしていた。豊前側の『目取り』と呼ばれていた相場師が、その山頂から狼火や旗などで信号のやり取りをして、コメ相場の情報を得ていた。これを、日吉神社に集った百姓たちが、「このせいで、雨が降らん」と思い込み、田川郡猪膝宿の目取りの親方に談判に行き、乱闘の末捕えられてしまう。それを救い出さんと、地元の知名士だった筒野村の医師・淵上琢璋が、近在の村々に『救援』の触れを回した。これが残っている。

昨日烽火差止の儀ニ付、猪膝宿へ罷越し候笹栗文吉外拾数名の者、同宿ニ而存外の乱暴に遭い、剰え補縛せられ、今比は妄惨の死を遂んも測られず。不容易変動出来候趣急報到著候ニ付、至急応援の為め、拾五歳以上六拾歳以下の人々には不残駈付け、速《すみ》やかに尽力可致《いたすべき》儀と被存《ぞんぜられ》候条、一刻も早く宮籠場《みやこもりば》迄御出掛相成度《たし》。此段至急及御廻覧《ごかいらんおよび》候也。

高倉村宮籠場より

五月廿二日【明治六年酉六月十四日】（六）　淵上琢璋

村々役場御中

集まった百姓たちは、猪膝宿を襲い（『米屋七軒を毀《こぼ》チ還り』とある）、その勢いで、嘉麻郡で富農・富商・目明しなどの家を襲撃し始める。これが、いわゆる『筑前竹槍一揆』の発端と、言われている。その後約一週間、この一揆の炎は福岡県旧筑前の全域に拡がって、福岡城址にあった県庁襲撃（一部放火）まで及んでいる。

嘉麻郡での惨状が記録にある。

本月十七日、大隈町三軒、千手町旧庄屋目明シ共二軒、鶴の尾村一軒、光代村二軒、平山村一軒、高倉村二軒、片島村二軒、茅ノ木村戸長一軒、飯塚町凡七十間程打毀ツ、尤飯塚町ニ於テ最前乱入ノ時、指ス所ハ米相場師中買等ナリシカ、炮発・抜刀等ニテ一時防御セシニヨリ、凶徒却テ抗抵憤激シ、夫カ為メニ右ノ如キ暴行ニ遇ヒシナリト

同十八日（略）此日内野町十二軒、上野新町二軒、天道村二軒、土井町旧大庄屋等ヲ毀チタリト

〈福岡県土寇暴動探索日記〉》

十三　決断

1

青柳宿で、長居をしてしまった。何とかまとまった三百人近い集団が、小竹《おたけ》村の街道を南へ向かって進んでいる。星空を押し上げる黒黒とした立花山と白山の輪郭が、ふたつの瘤《こぶ》のように立ち上がり、覆いかぶさってくる。無用の時が流れていくようにも想える。この先に何があるのか、山を正面に捉えたときに、流れが緩くなった。三代《みしろ》村の太閤井戸に人だかりがしていた。釣瓶《つるべ》を落とす音がして、滑車が忙《せわ》しなく軋《きし》んでいる。その水を求める群衆が、その周りを囲んでいる。勢い水なのか、はたまた酔い覚ましの癒しなのか。その表情が掴めるほどに明けてはいなかった。

襲われたばかりの、黒塀屋敷が、目の前にあった。門扉はすべて倒されていた。蔵も開け放たれ、中の物が無残に散乱している。

「セガレも付いて行ったばい。見てんない。滅茶苦茶たい」

その家の主なのか、白髪の髷が残っている老人が、出てきた。大きな屋敷には広い庭があって、池なども見える。だが、多くの庭木が倒されたり折られたりして、鉢や水ガメは粉々になっていた。何時からそこに居るのだろう。力なく庭を指さして、その場に倒れこんでしまった。

「お前ら、やられてみぃ。あんまし、とごえる（のぼせる）なよ」

表には、『井浦金次郎』とあった。

「行くぞぉ」

八並の平吉が張り上げた。いつの間にか八並も内殿も一体になって動いている。成り行きだろう。各村の頭やそれを支える若い者が、自分の役割を分かち合うようになっている。

一息入れて、立花山を右迂回するように進んでいく。裏粕屋の下府《しものふ》や鹿部《ししぶ》などからも、新たに加わってきた。先に行く自分たちが「おっしょい、おっしょい、おっしょい」と号令すると、後から来た者も、同じような掛け声になっていく。

前後するだろうが、奈多《なた》や三苫《みとま》それに上和白《かみわじろ》の連中も呼応してくる、裏付けのない判断があった。延々と連なるこの集団には、それらの村人を引き付ける勢いが、だんだんと増していった。

下原《しもばる》村に着いた夜明けごろには、片男左《かたおさ》の海岸辺りまで竹槍を担いだ百姓で埋め尽くされていた。それが博多に向かって押し寄せている。これだけの集団が揃うことなど、どの男も初めて見ることだった。ここまで来ると、鞍手・遠賀や嘉麻辺りの訛よりも、明らかにここいらの言葉遣いが多勢になってきている。指揮を執る士族風情の者たちも、さすがに疲れが見え始めている。

「おっしょい、おっしょい、おっしょい」

「おぃさぁ、おぃさぁ、おぃさぁ、おぃさぁ」

「おっしょい、おっしょい、おっしょい」

その調子に合わせるように、同じ足踏みで辰三が現れた。

「辰っ、何所におったとや？」

「兄さん、この先に弥吉さんがおるばい。会《お》うてきた」

「津屋崎やら上西郷のやつらも一緒やが、バラバラになって分らんごとなっとおごたる」

「紛れてこそっと帰りよるやつも、中にはおるらしか」

「それと松崎の手前のわくろ石辺りに、鉄炮を構えた兵隊服の連中がおるばい。用心せないかんばい。あれ達は待ち伏せばい」

勝手な独り言のように、喋っている。想定できる以上の報せもあったが、新しい指図につながらない。『三百人の結束』が、頭から離れていかない。

一方的に話しただけで、辰三がまた見えなくなった。

そして一団が前松原から蓮花坂に掛かった時である。

「ダァーン、ダァーン」

鉄炮の音が弾けた。そんなに近くではない。

「ウォー、ウォー、ウォー」

凄まじい怒声が追ってきた。

先ほどの報せが、間近に迫っている。それでも目前の数千の男たちは、博多市中に向いて駈けている。銃声の方に、傍らの石を拾って投げようとする者すらいた。それが届くような、敵陣とは思えなかった。まだ、相当に遠いはずだ。

蓮花坂の頂に着いたときに景色が一変した。南側の白い雲を溶かすような真黒な煙が、箱崎見当で真上に向かっている。

「博多の街が焼けよるばい」

誰かがそういった。

「もうちょっとばい」

「遅れんごと、いくばい」

炎や煙を見ても、群衆は怯まずに進んでいる。

〈あの場所に行けば、新政府が俺たちの思いを聞いてくれる〉

さらに勢いを増して、怒涛のような流れが。多々良川に向かっていく。確かに、そこを渡れば、博多の市中は直ぐそこにあるのだ。

「おっしょい、おっしょい、おっしょい」

「おぃさぁ、おぃさぁ、おぃさぁ」

「おっしょい、おっしょい、おっしょい」

「さぁさぁ、さぁさぁ、さぁさぁ、さぁさぁ」

その時だった。

「ダァーン」

「ダァーン」

「ダァーン」

さっきよりも近い。しかも連続している。

見上げると同時に、近くの男が声を発してのけ反った。高いところからこの群れに撃てば、誰かに命中する。続いてまた音がした。さすがに勢いが鈍り、後ずさり散っている。そのあとも、何度か銃声が響いた。

男は、顔を引きつらせ、胸元を押さえている。そこから夥しい血が流れ出して、見る間に蒼白になっていく。動けずに、その場に放置された。知らない横顔だった。介抱はせずに手を合わせただけで通り過ぎていく。

大胆なここまでの振る舞いではあったが、明確な抵抗や阻止の動きには遇わずに進んできた。そこへ銃声と、この犠牲者である。

敵陣の出現に、「この野郎ぉ～」と、さらに意気込む奴もいた。

それればかりではない。たじろぎつつ不安に押される効果も、もたらした。

市中へ流れ込む者、そして後退する者が、意思を失った野犬の群れに似て、二分する流れが出来上っていく。このままでは、自分たちも分散してしまう。決断は素早かった。

「練り直しじゃ。そして出直しじゃ。こんまんま、他のモンまでやられるわけにはいかん」

「平吉、お前んとこの頭に言え。藤次はおらんか。誰か探せ」

頭が揃ったところで、決断を伝えた。

「見たことが無い、もの凄い火柱や。さらにお上の奴らが、本気で撃ってきよる。目的も何も、このままじゃ討ち死にたい」

「いっぺん（一度）、引くばい。村に帰るとじゃなかとばい」

「辰三たちが、先の様子を見に入っとる。それを聞いてから、出直しするたい。よかな！」

日差しが最も高い、六月二十日の午後になろうとしていた。

今まで、何度も何度も「一緒に行動する。しない者は村八分たい」と説いてきた。それでも博多を目前にして、公然と逆らう者もいた。

「ここまできてから、何ばこきよるとな」

「先の方じゃ、バチバチやりよっとばい」

「もちょっとやけん、行かないかんめいもん」

「鉄炮がどげぇあるな、これだけの数で行ったら、あれたちも震えて逃げるくさ」

藤次、作次郎、卯二郎それに自分の判断は、動かなかった。目の前で撃たれたように、自分たちの村から犠牲者を出しては、取り返しがつかないと、踏んでいた。しかも、この先の騒擾に全員で突っ込んでいって、果たして統制が適うのか。他の組頭にも、自信は誰にもなかった。

「もう一回、締めなおそうや。本当にバラバラになったら、大ごとになって、俺たちがどげん言うたっちゃ、潰されてしまうばい」

渋る者を説き伏せて、蓮花坂から原上《はるがみ》の里まで、一里と少し戻ってきた。逸る男たちも幾分気持ちを鎮めている。平吉も懸命に走り回って、この男たちを落ち着かせている。八並の作次郎が推した理由は、この統率できる力かもしれない。

「すごい炎やったなぁ。どの辺やろうかなぁ」

「わぁは、このまんまじゃ帰らんばい。やっぱりおかしい」

平吉の投げ掛けも、定まってはいない。さらに逸る者たちは素直になれない。

「すごかったなぁ。あれだけの男がくさ、おるとばい。皆で声が出したら、何でも出来るばい。百姓も大したもんたい」

外は明るかったが、昨日から一睡もせずに駈けてきた者もいて、平山の神社に腰を据えた時には、問答を止めて、叢《くさむら》や社などで横になる者もいた。暑さと乾きで、どの男も着る物は開け《はだ》、ボサボサの頭は白くなっている。汚れなのか、汗が髪を伝って塩気になったのか、それがかえって熱気を表していた。戦いの道具だけは、しっかりと握っている。

「腹が減ったばい」

「酒も飲みたかなぁ」

さぁて、どうしたものか。

それ以上に、辰三たちの動きと、この先の事態が気懸りだった。あいつは、俺たちがここにいることが、分かるのだろうか。

本木村の最年少で、平蔵の甥っ子・傳蔵を探した。

「おい傳蔵、この下の下和白村と三代村の岐れ道に、お地蔵さんがおらっしゃる。二人ぐらい連れて、分からんごとそこに隠れとけ」

　ひょっとして、辰三や啓二が通るかもしれん。来たら、ここに連れてこい」

「わぁがですか?」

「嫌か?　お前はキンタマ下げとっとか?　何のために付いて来たとや。いっときのもんたい。文句ば言わんで行け」

　血を流し息絶えた者を、目の前で一緒に見つめた恐怖は、消えないのだろう。この集団から外れる不安が、ありありだった。聴いていた吉三郎と一緒に、渋々下りて行った。

　その間に、ここにいる一緒に来た村の男たちを、再確認しておきたかった。先ほどの混乱と方向転換で、何人かの男たちはこちらの制止を振り払って、先の集団に付いて行っているはずだ。外れたのは、三十人ほどだろうか。

　やや薄暗くなって、辰三が独りでやって来た。

「傳蔵たちはどうした?」

「下原辺りで、向うへ行ききらんやつが何人かおった。そいやけん、傳蔵にもうちょっと居れと、言うといた」

「兄さん、明日がヤマばい。何万ちゅう百姓が表粕屋の方に集まっとるらしか。こっちにも、まだウジャウジャおる。誰が点けたか分らんが、川沿いの二つの村が火の海になっとる。真黒な煙が………、凄いばい。皮やらが焼けよるから、臭いまですごかたい」

「そりゃ、こっからでもわかる」

「箱崎や博多の商売人まで出てきてウジャウジャで、見張りのやつらも何処《どこ》ばめがけて撃ったらいいか分らんらしか。これは引いてきた男から聞いた」

「啓二はどうした?」

「それがくさ。名島の岸で弥吉さんと長さんがおって、わぁも行くちゅうけん、啓二まで釣られてくさ」

「ひとりだけでやったとか。バカやないかぁ、お前は」

「弥吉さんも一緒たい。あん人は柳町が詳しからしか。何でも見たがる人やなぁ」

「いらんこつまで、言わんちゃよか」

「俺は、兄さんに報せないかんと思うて……」

これを、他の組頭と聞いた。

「明日、どうするか。今の話ば、村のやつに聴かせておきやい」

六月十九日の夕べからほぼ一昼夜、何時もなら半日で着くところに、留《とど》まっている。「まとまって……」との思いで引っ張ってきたが、それがどこまで効いてくれるのか。明日になれば、何が起こるのか……、辰三の話だけで迂闊な判断はできない。

昨日からほとんど眠っていない。他の者も同じだろう。気分が高まれば落ち着かず、醒めた目つきになっている。

丑の刻を過ぎたころ(二十一日午前三時頃)、傳蔵がひとりで戻ってきた。

「本木の組頭は何処におるかちゅうて、洋服を着たオイさんが聞きよんしゃるばい」

「お前、未だあそこにおったとや。誰や、そいつらは？」

「ようと分らん。三人とも、自分で歩きらんごと、フラフラばい」

「知らんやつには、うてあうな（相手にするな）」

動くのであれば、明ける前に行きたかった。多くの者がそわそわし始めている。誰か分からないやつらよりは、この先の出来事に思いを馳せるのに、懸命だった。

俺たちが困っていることが、少しでもお上に届く日になるのか。それとも、多くの者の犠牲が出て、お終いになるのか。

遅れてきた流れに押され、動き出した。

「おっしょい、おっしょい、おっしょい」

「おぃさぁ、おぃさぁ、おぃさぁ、おぃさぁ」

「おっしょい、おっしょい、おっしょい」

休んで、気合が戻ってきたのだろう。

そして、『今日がヤマ』という辰三の言葉が、耳を離れない。

下原村の秋山に着いた頃には、立花山の方から明るくなり始めていた。大勢の百姓のお通りに、沿道の見物や接待が昨日以上に続いている。表側が壊されている無残な屋敷もあった。

その時、後方の塊《かたまり》を急かせていた若い連中が、大きな声を上げた。

「こいつらは、何やぁ。ここで何ばしよっとか？」

「こげな恰好して、こいつらはお上の犬畜生じゃなかとかぁ」

「なんてやぁ、昨日鉄炮で撃ってきたやつじゃぁ、こいつらは。同じ恰好たい」

「これたちゃ～なんな。いつからおったとかいな～」

「それが何でこげなところにおるとや？」

「我らは、大蔵省の役人で、決して怪しい者ではござらん」

「オオクラショウ？　余計に怪しかやないかぁ。それが何で、ここにおるとや？」

「小倉からここまできて、今から筥崎宮の詰め所まで参る。その前におはんらに話がある」

「何の話かぁ？　それが何でここにおるとやぁ。こいつらやっぱり怪しかばい」

「本木の責任者は、どんひとか？」

やっと口が利けるほどであった。三人連れで、年長らしき散切り頭が訊いてくる。

2

「お前たちは何やぁ～。俺が本木の組頭やが、それがどうした？」

〈面倒なやつらが、こいつらは一体何者だ。傳蔵が言っていた奴らか……〉

「この先には本木のヤツもおる。もしもの時は……と、言われた」

「それはほんなごつか？　それがなんの用か？」

素性も判らない者たちが、小声で何やらつぶやいている。明らかに自分たちとは違った身なりで、訛もつよい。しかし、本当のお役人ならば、このような出会いは考えられない。

「夜どおし、青柳から奈多の浜まで行って、ほとんど寝てはござらぬゆえ………」

うずくまり、動くことがかなわないもう一人の男が、さらに分からないことを、ぶつぶつ言っている。

「それが何でここにおるとやぁ。やっぱり怪しいばい」

藤次がかがみこんで、相手の様相と言い分を計っている。

「本木の組頭は俺やが、それがどうした?」

くり返しの問いになった。

「畦町の宿場で、この先に本木の者も居る。もしもん時はと、言われた………」

その場にうずくまった男が、繰り返した。

「それが、何な。さっぱりわからん。本木だけやのうして、他の村もいっぱいおるばい。何言いよるかさっぱり分からん」

「旅籠《やど》でも訊いた。誰も彼も、まともに応えてくれない。信用できる者と話したい」

かすかな声で、やっと聴こえた。

「どこの旅籠な?」

「我らは、大蔵省に仕える身じゃっど………、事情があって博多に戻っておる」

「おはんらの行ないは、お上に逆らうものであるから、直ちにここを解いて、一刻も早く村に帰るべきだ。おいたちは東京の………」

今度もやっと、やっと聴き取れる。

「あのなぁ、こんな時に、なんばゴチャゴチャ言いよるとね。それがどうしたとね？　うてあわれんばい」

　言っていることは、何一つ伝わっていないだろう。先のことが気懸りで、三人の部外者に応じる余裕などない。

　大きな荷を絡げた若い男が、二人の従者なのだろう。一声《ひとこと》も発しない。

「おんしの言い方は、無礼じゃなかか」

　苦しそうな、うめくような低い声である。

「何が無礼な？　勝手にほざいてからくさ。いまはそれどころではなかとばい」

『オオクラショウ』との間でうずくまっていたが男が急に立ち上がった。そして、胸元を掴み倒れかかってきた。すごい顔つきでにらみつけている。

「えーえぃ、もう我慢がならん。我らは役人ぞ。しかも東京から来た役人ぞ。お前らの態度は、何だ」

「今のお上は、外国に負けんように、この国を強くしようと懸命なものじゃ。それが分からんやつらが、こんな大騒ぎしておる」

「黒田の殿さんは代々養子で、お武家も性根が据わっておらぬと聞いていたが、お前たち百姓も一緒じゃ。ことを起こして、空騒ぎしても、何も変わらぬ」

「散散に甚振《いたぶ》られて、もう我慢がならん。中村様、こ奴らも、今までのと同じでしょう。どうもならん」

半死の体であったものが取り乱して、息巻いている。

「えーーぃ！」

大きく叫ぶと、持っていた短い脇差を、いきなり抜いた。

正面に振り下ろされ、跳んで避けた。ほかの者も引き下がり、取り囲んでいる。

「なんばするとな。こんやつは、何ば考えとっとかぁ」

「昨日から、これほどの侮辱はないと思ったが、ここまで中村様に付いて来た。それがこの有体だ。お前らに、何を言っても無駄じゃ。お前らは、やはり下人《げにん》じゃ。何も分からん下人たちじゃ。もう、限度がまいった」

振り回すのを、竹槍が取り巻いて、空間が出来た。

「この野郎ぉ～」

平吉が、後ろから飛び掛かった。前にいた数人が竹槍で突いた。いずれも躱《かわ》すと、狂人のように叫びながら、後列に向かって脱兎《だっと》のごとく走り出した。

「あの野郎ぉ～、終まえかせぇ～、追え～っ！」

十人ほどが、追いかけていった。

「これはどういうことな。きかせてもらおう」

残った男に、努めて冷静に聞いた。

「捨て置け、捨て置け、我らは大蔵省の役人。いかなる困難も、致し方ない。覚悟だけはいつも持ち歩いておるわ」

何が起こっているのか、煩《わずら》いがまた一つ増えた。このまま先に進むわけにはいかなくなった。すっかり明るくなって、平吉たちが戻ってきた。逃げだした男が、戸板の上で、目を剥いて横たわっている。首筋近くの出血は相当な量で、板目を伝って広がっていた。

「どげんした?」

「どげんもこうも、あんお寺の鐘付きの中で倒れとった。自分で刺したみたいじゃ。まだ、息はしとるばい」

「探し出したときには、このざまじゃ。みんな見とるけん、間違いなかばい」

「なんで、ここで、こげんなるとや?」

卯二郎と藤次それに与三郎が寄ってきた。

「なんで、こげんなるとや?　こんやつは、勝手なことばしてくさ」

卯二郎に続いて、藤次が口を挿《はさ》んだ。

「こいつらは、関係なかばい。勝手にしよるとやから、知らんちゃよか。ここに置いて行こうや。知らん、知らん」

「先に行かないかんばい。勝兄ぃ、行くばい。ほっとけ」

日差しが上に来た。意味なき時間が巡っていく。ついに戸板の男は動かなくなった。童顔が残る無口者は、箱のような黒い荷を背負い、怯えているだけだった。

このままで良いのかという迷いもあったが、立ち上がって、先に進む指図を出した。六月二十一日も晴れて、五つの刻（八時ごろ）になっていた。

「行くぞ」

号令を言い放ったときだった。

羽織を着た初老の男が、こちらに言い寄ってきた。

「もし、お前さんたちがこの人たちを、このまま此処に放置して行かれるならば、後ほど私たちが、その事情を上に報告しなくてはなりません。この方々は、見るからにお役人と思われます。仮に、みなさま方へお咎めがございませんでも、お関わりがあったことは、私どもが、その始終を見ておりました」

「申し遅れました。私は小堀安十郎、こちらは天野貞次でございます。御接待までは、させていただきましたが、それ以外の不要のお世話は、ご勘弁いただきとう願います」

異様な一団になってしまった。秋山までの勢いはなくなっている。香椎を過ぎて、蓮花坂《れんげざか》が見えるころには午の刻（正午ごろ）になっていた。

自刃した者に上着を被せ、交代で背負って、ここまでやってきた。しかも『オオクラショウ』と童顔は、フラフラとして足取りが一定しない。

「箱崎まで行けば………」

譫言《うわごと》のように、繰り返している。そして、まるで夢の中を彷徨《さまよ》うような足取りでついてくる。遅れたことへの恨みもあって、同行者からの二人への罵声は、疲れも加わって止むことが無かった。沿道の民は、この異様な光景を、何も言わずに見つめている。

〈自ら関わることなく、『暴民たちの行状』を愉《たの》しんでいる〉

放置する所業を認めれば、下原で喰らった同じ苦情に見舞われる。

〈行けるところまで行って……〉

そう思うほかなかった。

松崎から望む、博多の市中は、昨日の火災の煙だろう。狼煙《のろし》のように昇り、燻《くすぶ》っている。強い南風がはこんでくる鼻を突く臭いも、消えていなかった。

闇夜に紛れて見えなくなっていた辰三が、啓二を伴って現れた。顔が真黒に煤《すす》けている。しかも腰から下はずぶ濡れであった。

「兄さん、どげんした？　何があったとな？」

「見た通りたい。これたちのお陰で、ゼェンゼェン進まん。この先はどげんなっとるとや？」

「お前たちは、どこまで行ったとか？　弥吉兄さんたちは、どけぇ行ったとぉ？」

「脅されて、浜のモンは大分戻りはじめとる。『引くときは早やかぞ』と兄さんが言よったけん、多分今ごろは引き陣の最中たい。宗像のやつらも、早やかたい。東郷のモンが吉塚辺りで撃たれたらしか」

「街中《まちなか》は、大層な男たちが商売人の屋敷に雪崩れ込んで、やりたか放題らしい。お城を襲ったやつもおるらしい」

「お城におった鉄砲隊が、どんどん撃ってきよる。それに刃向かうやつもおって、何人もやられとる」

「橋は逃げるやつばかりで、こっちからは渡られんばい」

それを聴いているときだった。地鳴りのような爆音が、そこに居るものを揺るがせた。

「ドォ〜〜ン」「ドォ〜〜ン」

「何かぁ、あれは。身体まで響くばい」

「鉄炮じゃなかばい」

「大砲やろか？」

辰三たちの報せを聴きとる間もなく、多々良川の向こう岸からこちらに向かって、人の塊が浅瀬を渡って来るのが見えた。事情を知らない村の男たちは、昨日からの憤懣と、行き場が無くなっていく憤りを滾《たぎ》らせている。

「勝次ぃ、どげんなっとうとか？」

「こんまんまじゃ、若いやつが承知せんばい」

こちらから市中へ押し寄せる勢いと、強い引き潮のような圧力がぶつかって、立ち往生を余儀なくさせられていた。

この先には、多々良《たたら》の大橋がある。渡れば多の津を往って、その先には筥崎宮になる。逃げてくる者に占拠されて、渡るのは困難だと分かった。「行き止まり」を覚えだした。

「ドォ〜〜ン」「ドォ〜〜ン」

また大きな地響きが轟いた。

十四　浄《きよ》らかな光

1

姉のシゲは、目明しだった松崎の藤野太吉に嫁入っている。何かの折には訪ねたいとは思いながら、ずっと沙汰なしであった。シゲの方からも同じで、互いの行き来も儘《まま》ならなかった。ここの直ぐ先に、家はあった。

ここにきて策もなく、仕道も付けずに引き下がるべきか。それとも逸る数人を率いてでも、市中に向かって突進するか、その判断に何故か躊躇《ためら》いがあった。加えて、『オオクラショウ』たちの『処分』まで考えなければならない。そんなときに、どういう訳かシゲのことが思い浮かんだ。

「辰、お前はシゲのことを覚えとるか?」

「姉さんやろ。知っとるけんど、何十年も会うとらん」

「ここから少しばかし先に住んどるたい。こいつらば、預けたい。俺は動かれん。お前が行って頼んでみてくれ」

「こいつらがおっては、身動きがでけん。義兄《あに》さんは、目明しやった。力になってくれるかもしれん」

前方の動きは、止まったままだった。そして逃れてくる者が、街道を避け、路地や畑などを伝い走っている。半刻ほどで辰三が戻ってきた。

「とにかく、この先の地蔵さんの所まで連れてこい………、と言われたばい」

「よし、そこまで動くぞ………、内殿や八並に報せろ」

男の塊が、ジワリと動き出した。朝方のような掛け声は消えている。この六時間近くの徒労が、鬱積《うっせき》をさらに蓄えたのだろう。身体の動きとは違って、ギラリとした眼の光は失われていない。

太吉が呼んだのだろうか、シゲに案内されて家の三和土《たたき》に着くと、地元の世話人らしき者たちが四五人《しごにん》で待っていた。

「これが義弟《おとうと》で、勝次といいます。シゲの………」

「そんなことは、どうでも良い」と、思っていたら年配者が太吉に声を掛けた。

「お役人は奥におらっしゃるとね?」

「いえ、まだここには………」

「そうか。お役人に手荒なことをしたら、後々まで面倒になる」

「とりあえず、こちらにお連れしよう」

「勝次さん、皆さん、どげんやろか?」

「よかとですか？」

「こげん言われるとやから、ここへ連れてこい、勝次」

あまりの判断の速さに、呆気にとられていた。指示した男は、川添藤右衛門と自ら名乗った。他の者の名も聴いたが、覚えていない。

自刃した者は、筵に寝かせ、他の二人を三和土に導いた。ぐったりしている。シゲが水を持ってきたが、飲む気力さえ失せていた。そして、やはりブツブツと何かを言っている。

「この場所は、先の小早川隆景様が名島城主のころに、刑場があったところですたい。黒田様以前の話やが、三百年近く怨念が消えんとです。私たちの先祖は、それが故に随分と難儀してきなさった。ここで手荒なことにでもなったら、それこそご先祖様に合わせる顔が無かとですよ」

「しばらく休《よこ》おてもろうて………、それがよかろう太吉さん。勝次さんも大変な目に遭われましたなぁ」

ほっとした気分に、満たされていく。

甘えさせてもらった。

〈ウッツラと閉じた瞼に、サトが見えた。トシもいる。西郷川の河原に、ふたりで寝そべって笑っている。何がおかしいと、柔らかい尻を叩くと、小石を投げつけてきた。それが当たった才太郎が、大きな声で泣いている。そしたら大粒の雨が降り出して、みんなずぶ濡れになった。一尺ほどに揃った穂先だけが、嬉しそうに揺れて………〉

束の間、否、瞬く間のことだった、に違いない。

「兄さん、大変ばい。起きない！　起きない！」

辰三のけたたましい呼び声で、目覚めた。

たった今までそこにいた、男たちがいなくなっている。

「おい、どうした？　あいつらはどうした？」

「橋の方にに行きよる。訳が分からんことば言うて、急に走り出して、行きよる。止めたばってん、行ってしもうたたい」

「そしたら、若いモンがそれば見つけて、『終《しま》えかえしてしまえ』『これたちの為に、俺たちはこげな運《め》に遭うとる』『終えかえせ』と、ほとんどのモンが追いかけていった」

「他の村の組頭は、どげんしよるとか？　止められんやったとか？」

「先に走っていったとは、あいつらばい。狂うたごとして、走っていくもんやから、みんなで追いかけたとたい」

辰三と、走りながらの遣り取りになった。

「なんで、こうなるのか」状況が、全く呑み込めない。

広い河原に着いた。

見慣れた百姓たちは、『獲物』を仕留めるのに夢中で、一緒に駆けつけた定次郎、留蔵、傳六、文内、平三、喜三太、萬七、貞次や忠吉たちには、まったく気付かない。

竹槍を振りかざし、悲壮な叫びを繰り返している。尖った先端は紅く染まり、その滴《しずく》が飛んできて、足元の白い石に落ちてきた。正気を失った男たちの狂乱があった。

「きさぁーん、止《や》めんかぁ〜！」

「止《や》めんかぁ〜！」

「なんばしよっとかぁ〜！」

何かに憑かれたようで、誰も振り返らない。

咄嗟の振る舞いだった。

「貸せぇー！」

「ダァ〜ン！」

「ダァ〜ン！」

定次郎が持っていた、農兵銃を空に向けて放った。

「止めんかぁ〜！」

「なんばしよっとかぁ〜！」

河原での動きが、やっと止まった。

河原を真っ赤に染めた中に、二人だけが横たわっている。取り巻く男たちの着る物も、同じく汚れていた。

2

我を忘れ立ち尽くす者、何を犯しているのか判らない男、それを見つめる者たちがいた。

目線を移したわけではない。少し上流の大橋を急ぎ去る、大勢の人影が川面に映っている。

それに気づいたのは、何故なのか。

整理がつかず、男たちに近づいていく。

新左衛門、源吉、六次郎が見えた。彦市も伊六もいた。

惣作、甚平、傳八、長九郎、清市、吉三郎、徳三、善五、市平、平吉、常平、兵助、惣十、徳蔵、八百平、万七、藤次、新三、六右衛門、久作、茂吉、喜助、儀平、とら、常五郎、銀三、兵六、徳作、武八、和平、安五郎、次三郎、権之助、貞十、次八、与三郎、又四郎、善四郎、佐八、杢右衛門、忠次郎、倉吉、作平、新八、辰之助、弥平、勘伍、勘太郎、多吉、平四郎、与市郎、岩十たちが、血の付いた竹槍を翳して、茫然と佇んでいた。

「きさぁーん、お前ら、なんばしよっとかぁ」

「これは、なんな?」

「どげんして、こげんなるとや?」

溢れてくるものが、止まらなかった。

「これたちが、悪かとたい」

「走って逃げるとやもん」

「止まれちゅう（言う）たっちゃ、走るとやもん」

ほとんどの男たちが、泣いている。何で泣くのか、分からないまま、泣いている。

「バァタ〜ン」

誰かが、持っている竹槍をその場に叩きつけた。するとその上に、何本もの竹槍が投げつけられた。

銃声を聞きつけたのだろう。川添藤右衛門や他の世話人たちが、集まってきた。藤野太吉も、シゲもいた。惨状を目《ま》の当たりにして、誰も口を利かない。説明も要らなかった。

「こん（この）通りです」

「申し訳なか」

「申し訳なか」

「ほんなこつ、申し訳なか」

これ以上の言葉も無ければ、河原に頭を擦りつけ謝ることが、唯一の務めであった。

「ドォ〜〜ン」

「ドォ〜〜ン」

地響きを感じる音が、遠くの方から伝わってきた。

多々良川の下流域が、朱くなるにはまだ早い夏至の午後だった。

脇野弥三郎、薄甫七、城戸久三郎、それに今林孫十郎もいた。重い、とても重たい空気が郡屋に充ちていた。誰も口を利かない。沈黙するためだけに、座っていた。

「仕道をつけるのは、わてらの役目ですたい。皆さんや村の者たちに、ご迷惑は掛けられまっしぇん」

居並ぶ組頭を差し置いて、勝手に喋っている。

「お咎めやケジメについて、ここに並ぶ者は、よぉ〜く分っとります。明日にでも、お召し取りがあると思います。やったことを正直に話して、お裁きば受けてまいります」

お互いの覚悟が確認できれば、充分だった。この間、本木村の者たちは語りを忘れていた。

あれから、三日目の浄らかな朝になった。

遅れてきた雨が、昨日から止まない。

「ねぇ、あんた」

初めて聴く呼び方だった。

「恰好やらつけんで良かとよ。自分がしたことば、正直に申し上げて、お裁きがあったら、『痛かぁ、痛かぁ』ちゅうて、大泣きしてよかとよ。なんも我慢やらせんで、よかとよ。『おれは組頭やけん』とか、いらんこと言うて、威張ったっちゃなぁ〜もならんとよ。泣いてから『お許しくださいい』て、言うてよかとよ。分ったぁ？」

「子らも、うちも、あんたが早よう帰られるごと、八幡様にお参りして、待っとうけんね！」

火打石《ひうちいし》が上手く点かずに、トシは泣いていた。


〈了〉

あとがき

公家・武家を頂点とした封建社会が崩壊し、『日本国誕生』への時代の蠢きが、最下層にいた農民や、平民たちには、ほとんど理解できなかった。しかも、前触れなどなく矢継ぎ早に出される政策（徴兵制・学校令・解放令・改暦など）は、彼らに『負担』を強いるものであると、いずれも映っていた。さらには、安定しない天候や米などの諸物価の高騰などが重なって、『不安定で不愉快な違和感』の中に、農民たちは陥込められていた。

明治の代になっても、年貢を納める体制はしばらく続き、それによって、当時の国家体制は財政面で支えられていたのである。

壬申地券とその後の地租改正によって、百姓は与えられた土地の評価額の三％の地租（税金）を納めることになった。そして、実に国家歳入のほとんどが、農民からの地租税であったとされる。

新政府による「新国家のための」近代鉱工業、軍隊、警察、学校、運輸（鉄道敷設）、通信などの諸政策は、この農民の「血税」によって推進されたといってよい。

当然に、農民の日々の生活は貧しくて苦しいものだった。

生気を欠いた枯れた葭原に、自然発火が起こり、まさに燎原の拡がりのような展開となったのも必然だった。


一揆が終結となり、福岡県から布告が出された。そこに被害状況の一部が明らかにされた。

此度県内下民無謂蛾集烽起家ヲ毀テ火ヲ放テ電線ヲ断チ学校ヲ破リ剰ヘ電信局ヲ撃破シ官舎ヲ毀損シ官吏ヲ殺害終ニ県庁ニ乱入蹤躙狼藉致候段言語道断之事ニ候依之昨日以来熊本鎮台ノ兵隊海陸ヨリ進入相成候付此之上不良ノ所業有之候得ハ事ノ大小ヲ問ス屹度鎮圧之道相立候条各義務ヲ辨ヘ速ニ解散安心恒産ニ基キ候様可致此段為心得相達置候也

明治六年六月二十八日　福岡県

この一揆は、規模において参加者が約十万人と言われた。南は、上座郡・下座郡（現朝倉市・朝倉郡）から北は遠賀郡・宗像郡（現宗像市・福津市）。それに、糟屋郡・糸島郡（現糸島市）から博多・福岡近郊の郡まで及んでいる。しかも、この筑前十六大区の全てを、わずか六日間で席巻した。当時の交通状況を考え合わせると、驚くべきエネルギーではないか。

一方で、主体（リーダー）が明確ではなく、要求内容も不明確である。新政府の施策の直感的反発や悪天候など、やり場のない衝動が形となった。この一揆の評価に、様々な見解が展開されるのも、同じ理由によるのだろう。

事後の取り調べに当り、「罪人」の概要を県は文書で示している。

一　黨民発頭之者
一　県廳并官員居宅布告掲示場并人家共打崩シタルモノ
一　官舎并旧穢多村等放火シタルモノ
一　デンシンキヲ断切シモノ
一　強盗強姦ヲナシタルモノ
一　黨民ニ誘引レ無拠同行シタルモノ
一　窃盗ヲナスモノ
一　黨民ト知リツツ隠シ置キモノ
右條々ノ者若隠シ他ヨリ顕ルルニ於テハ厳重可申付候事　以上

これにより発端の廻文を書いた淵上琢璋が縛首刑。井上勝次を含む三名の者が、官吏や士族殺害の嫌疑で、斬首刑になっている。いずれにも、「疑わしき冤罪では?」との指摘もある。『推究糺鞫厳重ノ末』とも言われるように、拷問を含む厳しい取り調べだった、と想像できる。死罪以外にも、約九十名の懲役刑（懲役二年から終身刑まで）が煽動した者に、それと笞打ち七十回の刑などが家財打ち壊しなどの実行者に課せられた。不和随行者への罰金刑もあった。総じて、六万三千八百人が処罰されている。

さらには、『友吟味』といった、身近な者同士の詮索によって、罪人を炙り出す方法も採用された。国家安全の骨格をなす刑法と警察制度が整備されたのが明治十五年。『人日本帝国憲法』が公布されたのは、さらに後の明治二十三年であった。

また、一揆当時の福岡県は、県令(現知事)が不在であった。参事や権参事といった側近が明確な執行を行えず、幹部(士族)が相次いで自刃するなどの『指揮権の混迷』もあった。熊本鎮台の助けを借りて、ようやく鎮圧できたことからも統治策が未成熟な、県や新政府の混乱ぶりがよくわかる。

明治六年七月十四日に、勝次は処刑されている。

身柄を拘束され、わずか二十日ほどであった。

「言い訳をしない性格」が、災いになったのかもしれない。

時代の大きな変革の渦が一揆に姿を変え、筑前の村々を突然襲った。「加担しなければ、家を焼かれる」恐怖心も大きかった。

地域と村人たちを愛し、懸命に生きてきた百姓組頭・井上勝次であった。

遺体を引き取る際に、「重科之者付、本葬仕間敷候」との受取証を遺族は書かされている。ところが、勝次を知る近隣の者たちの呼びかけで、墓碑が建てられた。これは本木地区の西法寺境内にいまもあって、地域の人々によって供養されている。碑文を紹介する。

施主　村中　世話人頭取中
新花臺釈浄光居士
明治六年癸酉七月十四日　井上勝次行年三十九歳

最後に、遭難にあった、大蔵省の官吏二人と従者の行動についても、触れておきたい。『帰京の途中の六月十九日に、小倉で一揆の事を聞いた』、と言われている。相当急いで、駆けつけて来て六月二十一日の夕刻に殺害された（宮尾矯は、同日朝自刃）。

検査権助・中村義心は、大蔵省の官吏で薩摩……鹿児島出の士族である。明治四年に大蔵省の官吏になった時には、すでに五十歳を超えていた。

当時の新政府で活躍する、薩摩・長州出身の元士族たちは、多くが三十代・四十代の者たち（身分は違う）であり、国を動かす要職にあって互いに競い合っていた。

大蔵省紙幣局の命で、佐賀・大分・福岡各県巡回してきた中村義心たちは（贋札造りなどを見張る）諜報活動も任務だと認識していたのではないか。地方の動向を探る、その使命感が、結果として遭難になってしまった。そのように推測すれば、明治・近代化が動き始めた時代の奔流に、彼らもまた殉じていったと思えるのである。

当時の権参事であった団尚静が、大蔵官僚たちの遭難について太政官に報告した文がある。

追々御届申し上ゲ候通リ、管下ノ兇徒相群騒シ、往来ノ障礙ヲナシ候末、本月二十一日管下粕屋郡多々良川畔ニ於テ、大蔵省出張ノ官員正七位検査権助中村義心、紙幣寮少属宮尾矯、幷ニ中村義心従者太郎ト申ス者、兇党ニ取囲マレ、殺害ニ遭ヒ候折柄、同省十四等出仕川上義一出張候ニ付、屍骸検点サセ候処、相違ヒモコレナキ旨、申立テ候間、福岡簀了町円応寺江埋葬取リ行ヒ申シ候……。此段取リアヘズ御届ケ仕リ候也。

明治六年六月廿六日

彼らは遭難の後、福岡・簀子の円応寺にて弔われている。同寺の過去帳にある。

忠誠院誠誉顕心居士
大蔵省検査権助正七位中村義心　行年五十四歳
鹿児島県士族　薩摩国鹿児島二本松馬場ノ人

昇雲院英誉照応居士
大蔵省紙幣寮少属宮尾矯　行年三十八歳
長野県平民　信濃国更科郡西寺尾村旧神明社人

至誉誠心信士
中村義心従僕城所太郎　行年十七歳

東京府士族　東京府牛込改代町十七番地
城戸高盛長男

右者奉朝命巡回九州諸県之途中、明治六年癸酉六月二十一日、於粕屋郡多々良村川畔、為一揆暴民遭難、遺骸葬於本寺永未弔之

照福山円応寺二十五世　松尾珍誉　識

さらに後の、明治二十七年になって、地元の有志や大蔵省の官吏たちが呼び掛けて、当時の福岡県知事・岩崎小二郎が揮毫し、『多々良浜遭難碑』が遭難地近くに建立されている。「多々良川遭難追悼碑」は、文献に拠れば次となる。

明治之初百度更新天下多故　吏之斃于其職者何限而至如　大藏検査權助中村君義臣等爲亂民所殺何悲慘也客歳余以知縣事來福岡途過多々良川父老爲余設其遭難■曰明治六年癸酉六月暴民蜂起遽嘉麻郡高倉山所在出沒掠富民■官吏遂進毀縣廳兇■不可當先是官新鑄貨幣遣君巡行九州諸縣以收換舊鈔君適在小倉聞變欲馳往鎮之拉其屬僚紙幣小屬宮尾矯及僕城戸太郎行至多々良則亂民奄至要三人■竹槍擬其胸君■石從容以大義曰我大藏官吏奉命巡九州者抗我則抗王命也若蹂狂及事將不利于汝等亂民乗勢喧擾不可制三人遂斃於凶手余聞之黯然者久之顧當時政府尚鋭意布新政動則上下捍格所在細民往往群起作難雖民之愚可憐時勢推移實有不得已者而存矣近者國崎三

平船越市五郎等與同志胥謀將建碑於河畔以表其遺跡糟屋郡長渡邊檀來請余文余亦壯歳遭逢維新之變出入萬死之途今也浴清世澤忝二千石莅任茲土視乎權助等不遇不堪今昔之感又壯其臨死從容不辱官守乃■以辭曰

恪勤奉公　從容就義　多々良濱
沙白松翠　一片貞■　千古涕涙

明治二十七年十月

福岡縣知事從四位勳四等岩崎小二郎撰
水野魯直謹書

碑文の大意は以下である。

明治初めの制度変革の過程で、官吏が沢山斃れた。大蔵省検査権助の中村君等が一揆で殺されたのは悲惨なことである。去年私は県知事となり福岡に来て多々良川を過ざる折、長老から遭難の様子聞いた。明治六年六月に暴民が嘉麻郡の高倉山に拠って蜂起、役人が抑えようとしたが県庁を打ち毀して凶炎を上げどうすることもできない。揆に先立ち、政府は新貨幣を旧貨幣と交換しようと君（中村義心）を九州各県巡行の仕事に派遣した。君は小倉に来た時に一揆を知り、之を鎮めようと部下の宮尾矯、下僕の城戸太郎を連れて多々良川に来たところに一揆勢が押し寄せた。君は石に腰かけ落ち着いて「私は大蔵省の役人で国の命を受けている者だから私に歯向かうことは朝廷の命令に背くことでお前たちが不利になる。」と大義を説いた。しかし一揆勢は勢いに乗り制することが出来ず遂に三人を殺した。私はこの事件を堪らないと思うが、振り返れば当時は新政策が国の上下に受け入れられずあちこちで庶民が事件を起こした。時世が推移しこの事件を放っておけないとして國崎三平・船越市五郎等が同志を募りこの碑をこの河畔に建てようとした際に糟屋郡長の渡邊檀から文章の依頼があった。若いころ維新に遭遇して沢山の人の死に出会い、今二〇〇〇石を賜り、任に臨みこの地を見て義心権助たちの不運は今昔の感に堪えない。義心等が官の面目を守って死に臨んだことに辞を送って応えよう。

君は官吏として真摯に奉公大義に就き命を失った多々良濱は砂白く松は翠く一片の形よく美しい石がまるで君のようで私はいつまでも涙がとまらない

明治二十七年十月

福岡県知事従四位勲四等岩崎小二郎作　水野魯直謹書

遭難の碑　唐津街道を青柳から箱崎を進み、多々良大橋に至る手前左 200メートルに建つ。左手に並んでいるのは三界地蔵。

多々良川　箱崎側から唐津街道の北側を望む。建武 3 年（1336）3 月、南朝方の菊池軍×北朝方の足利軍の多々良浜古戦場跡。

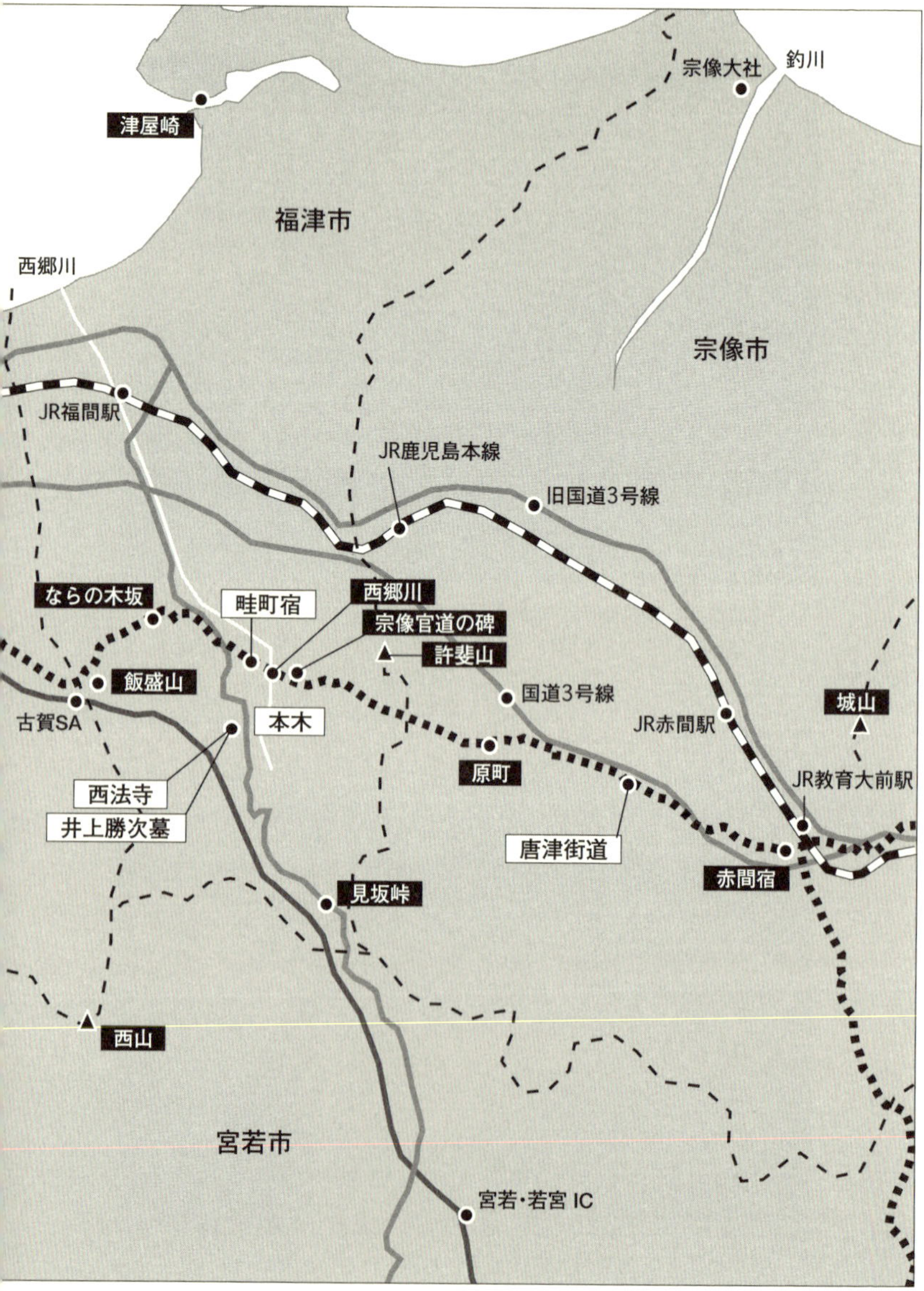
宗像大社
釣川
津屋崎
福津市
西郷川
宗像市
JR福間駅
JR鹿児島本線
旧国道3号線
ならの木坂
畦町宿
西郷川
宗像官道の碑
許斐山
飯盛山
古賀SA
本木
国道3号線
城山
JR赤間駅
原町
西法寺
井上勝次墓
JR教育大前駅
唐津街道
赤間宿
見坂峠
西山
宮若市
宮若・若宮 IC

本文中に掲載した唐津街道上の地名

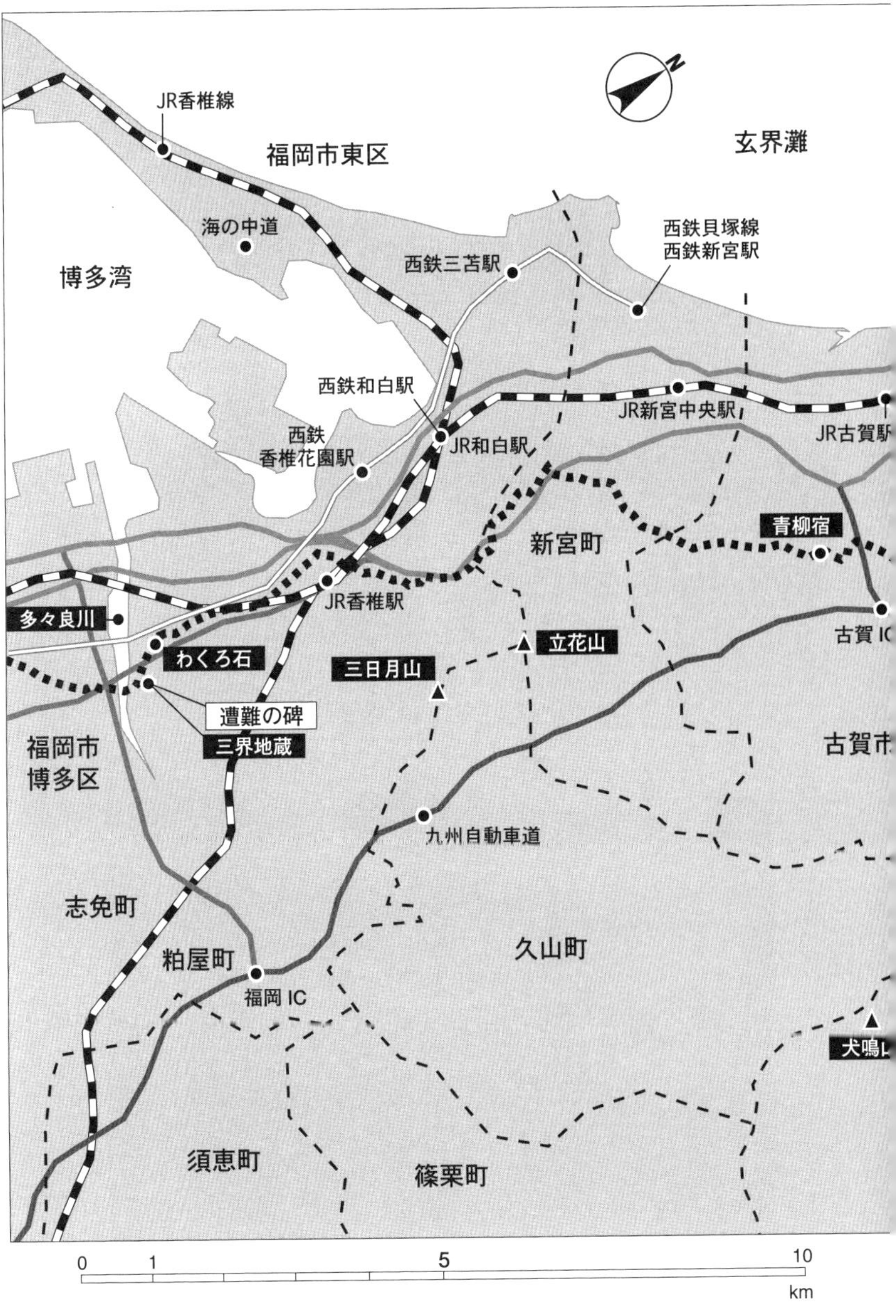

宗像官道の碑　畦町宿東側の西郷川手前の辻に建つ。画面奥は赤間宿へ。

赤間宿　文久政変で京を追われた五卿が滞在した。唐津街道二筋が合流する。

ならの木坂　街道は手前の内殿橋を通り、左奥のならの木坂に向う。

西郷川　畦町宿東構口（建物の辺）を見る。東側の上流で本木に続く。

畦町宿　唐津街道畦町宿場の通り。右に「小田牛乳所跡」その奥に名酒『松鶴』の「中村酒屋跡」が並び、現在でも杉玉を見る事ができる。

井上勝次墓　西方寺奥に建つ。睡蓮忌（7月14日）には供養が執り行なわれる。

西法寺山門　畦町から見坂峠に向う道筋の本木集落右手に建つ。

見坂峠　県道30号線を宮若市側から福津市側を望む。左奥に九州自動車道。

飯盛山　内殿から、旦の原にかけての街道沿いの県道503号線左手に見える。

わくろ石　国道３号線沿いに建つ。多々良川畔までは、ここから１キロ先。

青柳宿　往時には醤油屋の周辺に制札場があり、奥には御茶屋があった。

参考文献一覧

柴村一重『筑前竹槍一揆』葦書房、一九六八
福間町教育委員会編『福間町史（明治編）』一九七二
江島茂逸『筑前一揆党民竹槍史談』（解放史ふくおか特集）コピー（一九七六）
毎日新聞社編『釣具曼陀羅』一九八〇
古賀町誌編纂委員会『古賀町誌』一九八五
上杉　總・石瀧豊美『筑前竹槍一揆論』海鳥ブックス4、海鳥社、一九八八
福岡部落史研究会編『福岡の部落解放史（上）（下）』海鳥社、一九九〇
福岡地方史研究会編『福岡歴史探検』海鳥社、一九九二
広渡正利・福岡古文書を読む会『筑前国續風土記十遺（上）（中）（下）』一九九三
中村正夫ほか編『福間町史（資料編）Ⅲ　今林家文書』一九九七
『県史40／福岡県の歴史』山川出版社、一九九七
丸山雍成ほか編『九州文化図書選書5／唐津街道』のぶ工房、二〇〇六
牧原憲夫『日本の歴史　十三』小学館、二〇〇八
福間町史編集委員会編『福間町史（通史編）』二〇〇八
丸山雍成ほか編『九州文化図書選書7／筑前維新の道』のぶ工房、二〇〇九
坂野潤治＋大野健一『明治維新　1858~1881』講談社現代新書、二〇一〇
山本博文編『あなたの知らない福岡県の歴史』二〇一二

石瀧豊美『筑前竹槍一揆研究ノート』花乱社、二〇一二
谷山正道『「解放令反対一揆」と新政府反対一揆』論文、二〇一二
アクロス福岡文化誌9『福岡県の幕末維新』海鳥社、二〇一五
呉座勇一『一揆の原理』ちくま学芸文庫、二〇一五
井上勝生『シリーズ日本現代史「幕末・維新」』岩波新書、二〇一五
青山忠正『明治維新を読み直す』清文堂、二〇一七
大宰府天満宮文化研究所編『大宰府幕末記』西日本新聞社、二〇一八
若尾政希『百姓一揆』岩波新書、二〇一八
福岡県教育委員会ほか編『福岡県史（該当文書）』多年に亘る

その他、関係市町村が発行する郷土史関連の文献も、多く参考にさせていただきました。

平木俊敬（ひらき・しゅんけい）
昭和二十三年（一九四八）七月二十二日
福間町［現・福津市］生まれで、満七十歳。
（学歴）
昭和三十九年　西南学院中学校　卒業
昭和四十二年　福岡県立福岡高校　卒業
昭和四十九年　佐賀大学経済学部　卒業
（職歴）
昭和四十九年　西日本鉄道株式会社　入社
平成二十年　同社　定年退職
（定年後の役職など）
福津市・共働推進会議審議委員（元）
労働審判員（元）
福岡高校同窓会副会長（元）
福津市・花見公民館役員（現）
唐津街道・畦町宿保存会（現）
（趣味）
読書&小説、釣り、ゴルフ、盆栽など

百姓組頭・井上勝次

令和元年（二〇一九）七月十四日　初版第一刷発行

著　者　平木俊敬
発行者　遠藤順子
発行所　図書出版のぶ工房
〒八一〇-〇〇三三
福岡市中央区小笹一丁目十五番十号三〇一
電話　福岡（〇九二）五三一-六三五三
ファクシミリ（〇九二）五二四-一六六六
郵便振替　〇一七一〇-七-四三〇二八
印刷・製本　九州コンピューター印刷
●ISBN978-4-901346-65-8
HYAKUSHO KUMIGASHIRA・INOUE KATSUJI
by HIRAKI Shunkei
Nobukoubou Publishing Co.Ltd., 2019:07 Fukuoka, Japan

＊表示は本体価格（税別）です。定価は、本体価格＋税となります。

唐津街道畦町保存会 1

畦町物語

書籍コード● ISBN 978-4-901346-60-3

唐津街道畦町宿の今昔を紹介。

◆「畦町、心の風景」道園広治◆「畦町宿の昨今」二川秀臣◆「高村医院」薄 紀文◆「畦町今昔「かまどの話」岩熊 徹／「火の玉の話」長畑千鶴子／「火の玉の話二」岩熊久代／「死んだ侍の行列」前田栄美子／「加留部菓子店」加留部栄子／「四季の畦町」野村匡三郎／「ふでばあちゃんの話」櫻井麗子◆「畦町の歴史」岩熊 寛ほか十四話。

A5判／並製本／六四頁

本体五〇〇円

九州文化図録撰書 5

唐津街道

豊前筑前福岡路

書籍コード● ISBN 978-4-901346-05-9

伊能忠敬計測の唐津街道を、国土地理院地図と写真で辿る。

◆「唐津街道と耳塚・鼻切り—朝鮮侵略の道」丸山雍成◆「二十六聖人長崎への道」結城了悟◆「伴天連のみたキリシタン黒田氏」鳥巣京一◆「絵図と写真で辿る唐津街道」遠藤順子・遠藤薫◆国土地理院地図／小倉常盤橋～戸畑～若松～芦屋～赤間～畦町～青柳～福岡～姪浜～包石、木屋瀬～赤間。

A4判／並製本／一四四頁

本体二五〇〇円

＊小社出版物が書店にない場合には**「地方・小出版流通センター扱い」**と御指定の上、ご注文ください。また、bk1・アマゾン等ネット通販でのお取り寄せもできます。

＊書店以外は、畦町宿「ぎゃらりぃ畦」、赤間宿「街道の駅赤馬館」で、お求め頂けます。